Tucholsky Wagner Zola Scott Sydow Freud Schlegel
Turgenev Wallace Fonatne
Twain Walther von der Vogelweide Fouqué Friedrich II. von Preußen
Weber Freiligrath Frey
Fechner Fichte Weiße Rose von Fallersleben Kant Ernst Frommel
Richthofen
Engels Fielding Hölderlin
Fehrs Faber Flaubert Eichendorff Tacitus Dumas
Eliasberg Ebner Eschenbach
Feuerbach Maximilian I. von Habsburg Fock Zweig
Ewald Eliot Vergil
Goethe Elisabeth von Österreich London
Mendelssohn Balzac Shakespeare Dostojewski Ganghofer
Lichtenberg Rathenau Doyle Gjellerup
Trackl Stevenson Tolstoi Hambruch
Mommsen Lenz Hanrieder Droste-Hülshoff
Thoma von Arnim
Dach Verne Hägele Hauff Humboldt
Karrillon Reuter Rousseau Hagen Hauptmann Gautier
Garschin
Damaschke Defoe Hebbel Baudelaire
Descartes Hegel Kussmaul Herder
Wolfram von Eschenbach Dickens Schopenhauer Rilke George
Bronner Darwin Melville Grimm Jerome
Campe Horváth Aristoteles Bebel Proust
Bismarck Vigny Barlach Voltaire Federer Herodot
Gengenbach Heine
Storm Casanova Tersteegen Grillparzer Georgy
Chamberlain Lessing Langbein Gilm
Brentano Gryphius
Strachwitz Claudius Schiller Lafontaine
Bellamy Schilling Kralik Iffland Sokrates
Katharina II. von Rußland Gerstäcker Raabe Gibbon Tschechow
Löns Hesse Hoffmann Gogol Wilde Vulpius
Luther Heym Hofmannsthal Klee Hölty Morgenstern Gleim
Roth Heyse Klopstock Puschkin Homer Kleist Goedicke
Luxemburg Horaz Mörike
Machiavelli La Roche Kierkegaard Kraft Kraus Musil
Navarra Aurel Musset Lamprecht Kind Kirchhoff Hugo Moltke
Nestroy Marie de France Laotse Ipsen Liebknecht
Nietzsche Nansen Lassalle Gorki Klett Ringelnatz
von Ossietzky Marx vom Stein Lawrence Leibniz
May Irving
Petalozzi Platon Knigge
Sachs Pückler Michelangelo Kafka
Poe Liebermann Kock
de Sade Praetorius Mistral Zetkin Korolenko

Der Verlag tradition aus Hamburg veröffentlicht in der Reihe **TREDITION CLASSICS** Werke aus mehr als zwei Jahrtausenden. Diese waren zu einem Großteil vergriffen oder nur noch antiquarisch erhältlich.

Symbolfigur für **TREDITION CLASSICS** ist Johannes Gutenberg (1400 — 1468), der Erfinder des Buchdrucks mit Metalllettern und der Druckerpresse.

Mit der Buchreihe **TREDITION CLASSICS** verfolgt tradition das Ziel, tausende Klassiker der Weltliteratur verschiedener Sprachen wieder als gedruckte Bücher aufzulegen – und das weltweit!

Die Buchreihe dient zur Bewahrung der Literatur und Förderung der Kultur. Sie trägt so dazu bei, dass viele tausend Werke nicht in Vergessenheit geraten.

Das Zauberschloß

Ludwig Tieck

Impressum

Autor: Ludwig Tieck
Umschlagkonzept: toepferschumann, Berlin

Verlag: tredition GmbH, Hamburg
ISBN: 978-3-8424-1347-4
Printed in Germany

Ziel der TREDITION CLASSICS ist es, tausende deutsch- und
fremdsprachige Klassiker wieder in Buchform verfügbar zu
machen. Die Werke wurden eingescannt und digitalisiert. Dadurch
können etwaige Fehler nicht komplett ausgeschlossen werden.
Unsere Kooperationspartner und wir von tredition versuchen, die
Werke bestmöglich zu bearbeiten. Sollten Sie trotzdem einen Fehler
finden, bitten wir diesen zu entschuldigen. Die Rechtschreibung der
Originalausgabe wurde unverändert übernommen. Daher können
sich hinsichtlich der Schreibweise Widersprüche zu der heutigen
Rechtschreibung ergeben.

Text der Originalausgabe

Ludwig Tieck

Das Zauberschloß

1830

Nur nicht auf diese Art räsonnirt! rief der alte Freimund aus; das Leben läßt sich einmal nicht so betrachten und noch weniger nach einigen Maximen einrichten. Hast Du nicht die Fähigkeit, jeden einzelnen Fall recht als einen einzelnen, aus seinen fernen und nächsten Bedingnissen herausgestalteten, zu erwägen, ihn mit Geschicklichkeit nach seinen Umständen zu lenken, und ihn so seiner Bestimmung entgegenzuschicken, so wirst Du niemals ein brauchbarer Geschäftsmann werden, ja auch als Privat immer nur an Zufälligkeit laboriren, ohne Deines Lebens froh zu werden.

Zufälligkeit, Zufälle! antwortete ihm Schwieger: diese sind es ja eben, die uns allenthalben zu thun machen. Und vollends, wenn nun gar, indem noch obenein, wenn etwa – –

Donnerwetter! rief Freimund, indem ihm der Wachsstock aus der Hand fiel, mit welchem er mühsam in einen Wandschrank hineinleuchtete; Sebastian! Angezündet!

Der Diener kam, hob die Wachsscheere vom Boden auf, und Freimund legte tiefathmend das lange thönerne Rohr, an welchem er geraucht hatte, auf den Tisch. Mit einem Seufzer setzte er sich auf das Sofa, in tiefen Gedanken verloren. Der Diener brachte das Licht, Freimund nahm es in die Linke, die Pfeife in die Rechte, und ging wieder an den Schrank, mühsam und ängstlich in Papieren suchend, indem ihm große Schweißtropfen von der Stirne rannen. Es war in den heißesten Tagen des Julius und dem Kramenden war es sehr mühsam, das Licht zu lenken, mit der rechten Hand die Akten zu sondern, sie anders zu packen und schnell einzusehn und wieder, auf Augenblicke mindestens, die Pfeife festzuhalten, die immer dem klemmenden Munde zu entfallen drohte. Wenn es heller Sommertag ist, fing Schwieger bescheidenen Tones an, indem die Sonne scheint, dazu auch der Schrank dem Fenster gegenüber steht, und man das Rauchen nicht lassen will, so könnte unmaßgeblich das Licht, und die ganze Qual, die es macht, als überflüssig erscheinen.

Freimund drehte sich mit einem verwunderten Gesichte herum, sah dem alten Freunde mit aufgerissenem Auge ins Antlitz, setzte das brennende Licht verdrüßlich auf den Tisch und sagte halb lachend, halb zornig: Dummer Mensch! Konntest Du mir denn das nicht früher sagen?

Einem Salomo, antwortete jener, der Alles so genau kalkuliren und im weisheitsvollen Leben sich durch Nichts will stören lassen, sagen wollen, er brauche am hellen Tage keine Kerze, hieße sich doch zu viel herausnehmen.

Es ist zu toll! rief Freimund aus, und auch Sebastian erinnert mich nicht daran.

Wozu? antwortete Schwieger; sieh, Freund, Du, der zerstreuteste aller Menschen, nimmst es ja Jedem übel, der Dich auf diese Schwäche aufmerksam machen will. Neulich, als Du in Geschäften über Land reisen mußtest, als Du die Nacht gearbeitet hattest, und dort an Deinem Tische saßest – Sebastian! so riefst Du laut und heftig; der Alte kam; wir fahren gleich! Sieh nach, ob die Sonne schon aufgegangen ist. Sebastian ging, um aus dem andern Zimmer auf den Balkon zu treten. Dummkopf! Einfaltspinsel! Erschreckt kehrte Bastian um. Immer zerstreut und gedankenlos! schreist Du wieder; da, das Licht genommen! Der Alte, ohne die Miene zu verziehen, nahm die Kerze, leuchtete in das Morgenroth hinein, kam zurück und sagte: Alles hell und klar, der Wind hat's Licht ausgeblasen, konnte aber auch im Finstern die aufgehende Sonne bemerken. Du hörtest nicht einmal auf seine unschuldige Bosheit und sprangst in den Wagen, und als ich Dich beim Abschied bitten wollte, Deinen Leuten keine solche Blöße zu geben, warst Du gegen mich grob, und vergaßest alsbald wieder, wovon die Rede gewesen war. Du hast genug mit Dir selber zu kämpfen, es braucht keines Zufalls und keiner Verwicklung, um Deine Plane zu kreuzen und Dich zu beängstigen.

Freimund setzte sich verdrüßlich nieder. Kann man denn wohl Alles, wenn man viele Geschäfte betreibt, so genau im Kopfe behalten? Eines verdrängt das Andre, fuhr er schmollend fort, und so jetzt: die Verheirathung meiner Tochter ist es ja doch vorzüglich, die mich in diese Unruhe bringt. Aussteuer, guter Rath, väterliche Zärtlichkeit, das Vermögen, das ihr zukommt, Beredsamkeit, sie zu stimmen, Abrathen von einer dummen Liebe, und dabei noch alle die Arbeiten, die mir als königlichem Rathe auf dem Halse liegen.

Wenn man Dich erinnern darf, fing Schwieger wieder an: was suchtest Du so emsig und auf so complicirte Weise?

Der Alte fuhr auf. Schweig mit Deinen Erinnerungen! rief er, es ist das Dokument über die zehntausend Thaler, die meine Tochter haben soll, – wenn es fort ist – es kann auch drüben, – doch nein! es muß hier stecken. Nur jetzt gleich, denn ich hatte es wirklich schon wieder vergessen.

Er suchte von neuem mit großem Eifer. Bald war der Schrank ziemlich ausgeräumt, die Papiere, Akten, Briefe lagen auf dem Boden zerstreut, indeß Schwieger behaglich auf dem Sofa saß und mit großer Gemüthsruhe diesem Treiben zuschaute. Was das für ein ordentlicher Geschäftsmann ist! sagte er endlich schmunzelnd; wie er doch jedem, noch so kleinen Blättchen in der größten Eile sein Plätzchen anzuweisen versteht!

Endlich! endlich! rief Freimund triumphirend aus; ich wußte ja, daß das Ding hier stecken mußte! Meine Ordnung ist nur eine etwas andere, als die der übrigen Menschen.

Und es ist wirklich Dein Ernst, Deine Tochter mit dem Herrn von Dobern zu vermählen? Und Du weißt doch –

Alles weiß ich! rief Freimund unwillig und den alten Freund unterbrechend. Sie wird, sie muß. Der Mann ist wohlhabend, angenehm, wird eine sehr gute Karriere machen, sie liebt Niemand, und wenn auch: Du kennst meine Grundsätze darüber! am wenigsten kann von dem jungen Hauptmann die Rede seyn; dessen Vater mich so tödtlich beleidigt hat.

Der Diener ward herbeigerufen, damit die Papiere wieder in den Schrank konnten gepackt werden. Zugleich erschien der junge Mansfeld, ein Freund des Hauses, der den beiden Alten sehr behülflich war, indeß der träge Schwieger aller Verwirrung und Unruhe gelassen zusah, ohne auch nur die Miene zu machen, als wenn er seinen Beistand anbieten wollte. Halt da! halt da! rief plötzlich Freimund; hergegeben! das ist wegen meines kleinen Gütchens der Kaufcontract, den habe ich auch schon die ganze Woche vergeblich gesucht.

Das Zauberschloß? fragte Mansfeld; wir sollen es, wie Sie gewünscht haben, morgen einweihen?

Ja, sagte Freimund, aber lassen Sie mir nur den dummen Namen weg, wenn wir Freunde bleiben sollen; Graupenheim heißt das

Ding, und den rechtlichen alten Namen soll es auch behalten. Alle jene losen Mährchen, die man dem kleinen Hause hat aufhängen wollen, sind eben so schlecht erfunden, als unwahrscheinlich und abgeschmackt. Das ist auch ein rechtes Zeichen der Zeit, daß dergleichen Thorheiten jetzt geliebt und als etwas Besondres angesehen werden, oft sogar von Leuten, die nicht zu dem belletristischen Wesen gehören.

Erlauben Sie, geehrter Herr Rath, rief Mansfeld aus, uns jungen Leuten der neuen, erleuchteten Welt werden Sie doch zulassen müssen, daß wir die Dinge anders, als unsre Vorfahren ansehn dürfen. Sehn Sie, alter Herr, so wie diese mit der blanken baaren Vernunft zufrieden waren, ja selbst mit dem klaren Verstande, ohne sich um die Tiefen der Philosophie zu kümmern, so begnügten sie sich auch mit seichtem Spaß und oberflächlichen Erfindungen, ohne von Phantasie und deren Wundern etwas zu erfahren. Bester Mann, diese Geheimnisse, die Geisterwelt, die Psychologie, der Magnetismus, die Erscheinungen, die den Somnambulen werden, der prophetische Schlaf, die große Einsicht in die Natur und deren neu entdeckte Kräfte, – kommen Sie, ich will nur eine einzige Erzählung unsers geistreichen Hoffmann vorlesen, und Sie sollen als ein anderer Mensch von Ihrem Stuhle aufstehn!

Lassen Sie mich zufrieden, erwiederte Freimund, ich habe mehr zu thun, als mir durch Gespenstergeschichten die Zeit zu vertreiben, und mich durch Schauder bei diesem heißen Wetter abkühlen zu lassen. Gehen Sie zu meinen Weibsleuten, dort kommen Sie mit dergleichen Schnurren besser an.

Der junge Mansfeld befolgte gern diesen Rath, er verließ freudig die beiden grämlichen Alten, um sich zur Tochter des Hauses zu begeben, die mit der Mutter und einer jungen Freundin im kühlen Gartenzimmer mit weiblichen Arbeiten beschäftigt waren. Sie empfingen ihn freundlich, weil er ihnen immer etwas Neues zu erzählen wußte, vorzüglich aber die blonde Jugendfreundin Louisens, deren Wohlwollen fast die Miene der Zärtlichkeit annahm. Graupenheim, nahm Mansfeld das Wort, ist nunmehr Ihr Eigenthum, und ich freue mich, daß wir uns morgen Alle dort treffen werden, um die Besitznahme feierlich und mit einem Feste zu begehen.

Mir ist es leid um diesen Kauf, antwortete die Mutter; mein Mann, der doch älter wird, läßt sich mit zu verschiedenen Geschäften ein, sein Gedächtniß wird schwächer, die Verwaltung des Hauses hier, des großen Gutes und nun noch –

Und zwar, fiel Louise ein, ein so gespenstisches Nest, das in so üblem Rufe steht, wo Geister umgehen, Mord und Todtschlag vorgefallen ist, wo ich mich grauen werde, nur einen Augenblick, vollends in der Nacht, einmal allein zu seyn.

O allerliebst! rief die muntre Henriette, und klatschte in die Hände: – nein, liebstes Mütterchen, zu einem solchen Besitz muß ich Ihnen und meiner Louise Glück wünschen! Was ich mir das immer gewünscht habe, ein solches Sommerhaus zu bewohnen, wo es etwas unheimlich zugeht, wo einem alle die guten und schlechten Romane der Miß Radcliff in jeder dunkeln Stube, in einer Buchenlaube, oder in einem unterirdischen Gange beifallen! Statt daß man sonst fragt: sind die Schwalben schon eingekehrt? ist der Storch in sein altes Nest wieder gekommen? erkundigt man sich nun: Geht es Heuer viel um? Gerathen die Schauder in diesem Herbste gut? Was macht Ihr lieber guter Spuk? Läßt sich das graue Männchen wieder sehn? Welche Späße haben sich dies Jahr die Unterirdischen ausgedacht? Nein, nein, da muß ich bei Euch wohnen, und mein Stübchen muß recht einsam liegen! Abends, beim dämmernden Lampenschein lieset uns dann Mansfeld etwas recht Grauerliches vor, wir Alle entsetzen uns, keiner will zu Bette gehen, endlich nimmt man mit Herzklopfen Abschied, und ich sitze nun allein da und fahre vor meinem eigenen Schatten zurück und wage nicht das Licht zu putzen oder auszulöschen. Nun hört man's auf dem Gange schleichen, die Bäume rauschen so sonderbar, es schlägt so dumpf zwölf in der Ferne, – aber bei alle dem sagen Sie uns doch, Mansfeld, was hat man denn eigentlich gegen das allerliebste Häuschen, das in einer so schönen Gegend liegt?

Kindereien, antwortete Mansfeld, etwas Meuchelmord, ein grauser Fluch, ein so alltägliches Schicksalswesen, wie wir es in hundert Tragödien sehn, eine Sühne, die noch erwartet wird und die vielleicht die schöne Louise oder die muthwillige Henriette dort abbüßen und erfüllen müssen. Wer von uns nun etwa noch dort in Verzweiflung stirbt, wer noch in den Strudel dieser furchtbaren Begebenheiten hineingezogen wird, wer von uns den Andern, Sie verehrteste Frau von Freimund zum Beispiel, mit einem uralten Dolch ermorden, oder mit einer Limonade vergiften wird, das steht bei den Göttern.

Nein, lieber Herr Mansfeld, sagte die Mutter sehr verdrüßlich, einen solchen Spaß will ich mir verbeten haben. Mit solchen Dingen muß man niemals scherzen wollen, es geschieht ohnehin Unglück und Böses genug in der Welt, man braucht es nicht noch herauszufordern. Aber neugierig bin ich immer gewesen, was es mit dem Hause eigentlich für eine Bewandniß hat, was man sich wenigstens davon erzählt, und wenn Sie das wissen, mein junger Herr, so theilen Sie es uns mit. Noch ist es hell, wir sind nicht abergläubisch, die Sache wird auch, wie es so oft in der Welt geschieht, daß man Alles vergrößert und die blinde Furcht sich selber ohne Noth das Unbedeutende schrecklich ausmalt, so etwas Besonderes nicht seyn.

Wir haben, fing Mansfeld an, die gewisse Nachricht, daß die Gründung des Hauses jetzt etwa vor hundert und siebenzig Jahren mag geschehen seyn. Sie kennen die Gegend. Ueber dem Flusse hebt sich der weinbelaubte Hügel, mit Obst und Korn dazwischen, oben dann Waldparthieen, und zwischen diesen das anmuthige Haus, das der gemeine Mann nur das Zauberschlößchen nennt. Im dreißigjährigen Kriege soll hier, weil dieser Punkt den Fluß und das Ufer bestreicht, eine schwedische Schanze gewesen seyn. Nach dem Frieden baute ein alter Obrist sich hier an und wohnte mit seiner Familie in einem bequemen Hause. Nun traf es sich, daß die Tochter dieses Kriegsmannes, ein junges schönes Mädchen von achtzehn bis neunzehn Jahren, sich ohne Wissen und wider den Willen ihres Vaters in einen jungen Hauptmann verliebt und sich mit ihm versprochen hatte, dem der alte Obrist einen tödtlichen Haß geschworen, weil der Vater des Geliebten ihn vor vielen Jahren einmal empfindlich gekränkt und beleidigt haben mochte. Ein sehr reicher Gutsbesitzer hielt um das Mädchen an, und der Vater zwang die Tochter, diesem das Jawort zu geben. –

Louise wurde roth und die Mutter verlegen, Henriette lachte etwas zu schalkhaft und bedeutsam, und nach einer kleinen Pause fuhr Mansfeld, dem die Verlegenheit der beiden Frauen nicht entgangen war, in seiner Geschichtserzählung also fort: – Natürlich nun die gewöhnliche Verzweiflung, der junge Mann wüthend, die Tochter in Thränen, auf Schicksal, auf Himmel wird von beiden gelästert, was in jeder Lage immer unschicklich bleibt.

Eine sehr wahre Bemerkung, fügte jetzt die Mutter an, die die Tochter aufmerksam betrachtet hatte; doch ist die Geschichte, mein junger Herr, noch viel unbedeutender, als ich es mir vorgestellt, ich dächte also, wir ließen sie ganz fahren, denn ich bin gar nicht mehr neugierig.

Geduld, gnädige Frau, rief der junge Mann: das Bisherige war nur die erste einleitende Einleitung; sogleich werde ich Ihnen mit einigen gräßlichen Materialien aufwarten. – Der Jüngling, in der Angst und Verzweiflung, ohne Rath und Hülfe, von aller Welt verlassen und von seiner wüthenden Leidenschaft zu den verzweifelsten Entschlüssen angetrieben, ruft, da der Himmel ihm nicht helfen will, die Hölle auf, giebt sich dem bösen Prinzip, von den poetischen Naturen Satan, Teufel und noch mit manchen andern Namen genannt, zu eigen: – so sagt die Tradition. – Indeß mag es seyn, wie es will, es entsteht wenigstens am Abend und in der Nacht ein solches Hexenwetter, Sturm, Regen, Gewitter, Blitz auf Blitz und Schlag auf Schlag, Geheul von Gespenstern, unsäglicher Wirrwarr, daß alle Hochzeitgäste, von blinder Angst ergriffen, durcheinanderlaufen, und endlich, wie das Toben nachläßt, man sich etwas beruhigt, der Bräutigam auch seine Sinne wiedergefunden hat, ist die Braut verschwunden.

Verschwunden? rief Louise verwundert aus.

Verschwunden, fuhr Mansfeld ruhig fort, ich erlaube mir keine Veränderung, sondern ich gebe Ihnen die Geschichte ganz so, wie sie im Munde des gemeinen Mannes lebt. Der Bruder, ein heftiger junger Mann, meint, unten am Abhang, dem Flusse zu, die weiße Gestalt seiner Schwester in der Windesbraut zu sehn, er springt vom Söller hinunter, ihr nach, und liegt zerschmettert, oder mit gebrochenem Halse unten, nicht fern vom Flusse, wo er erst mit Aufgang des Morgens gefunden wird.

Nun Gottlob, rief Henriette aus, einen Bruder, liebe Louise, haben wir wenigstens in Deiner Familie nicht; denn sonst hat diese Geschichte so etwas Anzügliches, oder Anwendbares, woraus man schon ein Exempel nehmen könnte.

Liebe Henriette, sagte die Mutter mit einiger Empfindlichkeit, Sie rechnen doch etwas zu viel darauf, daß mein Mann nicht zugegen ist und ich mich immer allzu nachsichtig zeige.

Beste Mutter, seufzte Louise, ist es nicht schon genug, daß Henriette mich kränkt? Und Sie, Herr Mansfeld, – diese Art, – ich weiß nicht –

O unglückseligster aller Legendenerzähler! rief der junge Mann aus, was kann ich denn für meine Geschichte, die erst zu langweilig und nun zu interessant gefunden wird! Ich setze Nichts hinzu, lasse Nichts hinweg, arbeite Nichts um, sondern folge so schlicht und ehrbar der alten Sage, daß ich, ohne auf einseitige Kritiken oder beschränktes Bedürfniß Rücksicht zu nehmen, tugendsam, sittig, still, einfältig und vor allen Dingen rechtgläubig in der Tradition vom Zauberschlößchen also fortfahre: der Vater, ein greiser Greis, stand mit seinem weißen, fluthenden Haar in der Zerstörung furchtbar einsam da, verfluchte die Tochter und die ganze Nachkommenschaft, und forderte den Himmel auf, die Unthat bis in das zehnte und zwanzigste Glied zu rächen, daß der Vater den Sohn, und der Sohn den Vater ermorden müsse, bis kein Sprößling des vermaledeieten Hauses mehr übrig sei. So starb er selbst in Verwünschungen, – und der Bräutigam hat – sich nachher anderswo vermählt.

Louise lächelte und Henriette lachte laut auf. O meine Damen, rief der Erzähler empfindlich, es kränkt, wenn man statt Thränen des Grauens, statt bleicher, verzerrter Angesichter, mit allen Materialien des Furchtbaren nur Lachen erregt. – Wie es sich nun denken läßt, wurde jener Ehemann, der den Pakt mit dem Bösen eingegangen war, weder tugendhaft noch glücklich: die junge Frau, von dem Unglück ihrer Familie tief erschüttert, war melancholisch, besonders da sie immer deutlicher die unheimliche Verbindung ihres Gatten spürte, und ihre Trauer wuchs fast bis zur Verzweiflung, als sie nun alle Tugenden des verschmähten Bräutigams immer heller glänzen sah, als sich ihr das schöne Glück jener Ehe immer deutlicher entwickelte. Unfriede, Zwist, täglicher Zank machten jede angenehme Häuslichkeit unmöglich, und die Kinder, die in diesem Elend heranwuchsen, waren so wenig zart, kindlich und lieblich, daß sie im Gegentheil schon früh alle Anlagen zu Bösewichtern verriethen.

O welches Glück der Liebe! sagte Henriette, betrachte nur dieses Gemälde, meine Louise, um Dich auf die rechte Bahn lenken zu lassen. Der Herr von Dobern, ein großer, schlanker, etwas finsterer und fast zu brünetter Mann von acht und vierzig Jahren, der niemals lächelt, niemals witzig ist, stets auf solide und auch wohl tugendhafte Handlungen sinnt, – und gegenüber Dein Carl, Hauptmann, leicht aufbrausend, liebenswürdig und eben darum verdächtig, der leichtsinnige Sohn eines noch leichtsinnigeren Vaters, – kannst Du denn wirklich noch wählen und zaudern?

Gut, daß mein Mann nicht zugegen ist, sagte die Mutter.

Der, antwortete schnippisch Henriette, wird doch immer wieder freundlich, wenn ich ihn recht freundlich ansehe. Der vortreffliche Herr von Freimund vergißt es nur täglich wieder von neuem: wie sehr er mich eigentlich liebt. – Aber weiter, mein Freund, in dieser schicksalsvollsten Schicksalsgeschichte.

Was ist noch zu erzählen? fuhr Mansfeld fort: Elend über Elend, Zwiespalt in der Familie, Bruder- und Schwesterhaß, Verfolgung, Neid. Der Fluch des Vaters, des alten, ging leider nur zu buchstäblich in Erfüllung. Die Enkel, als die frühere Generation gestorben war, zeichneten sich alle, wenn sie keine Bösewichter waren, durch Gebrechen des Geistes und des Körpers aus, Zwerge, Lahme, Bucklichte aller Art gab es in diesem Hause im Ueberfluß; manche wurden vor der Zeit kindisch, andre konnten gleich in der Jugend nichts begreifen, manchen versagte das Gedächtniß, einige waren wieder so zerstreut, daß sie ihren eigenen Namen zu Zeiten vergaßen.

Herr Mansfeld! rief die Mutter zornig, Sie vergessen sich und was Sie meinem guten, trefflichen Manne schuldig sind. Er ist kein Sprößling aus dieser Familie, wenn er gleich durch Kauf das unglückliche Gut an sich gebracht hat.

O weh! o weh! seufzte der Erzähler: kann man denn nichts Weltgeschichtliches, Romantisches, Zauberisches und Magisches erzählen oder andeuten, ohne irgend eine Wunde des Hörenden zu berühren? Ich schwöre noch einmal, daß ich nicht an unsern geehrten Freund gedacht habe, dessen Zerstreutheit, oder Abwesenheit, oder wie wir es nennen wollen, im Gegentheil von zu großem Fleiß und angestrengter Tugend herrührt und nichts mit dem Fluch oder den Sünden der Voreltern zu schaffen hat.

Fahren Sie nur fort, sagte Henriette, mit Entschuldigung wird die Sache nur schlimmer.

Wie gesagt, erzählte Mansfeld, Elend und Gebrechen so wie neue Sünden pflanzten sich, wie immer neu wucherndes Unkraut, in der gleichsam verzauberten Familie fort, und es blieb dunkel, wie viel von der Saat jenem Bösen gehöre, der mit dem Stammvater den Pakt damals abgeschlossen hatte. Endlich kam Haus und Erbe an einen jungen, schönen Mann von ausgezeichneten Tugenden –

Hier widerspricht sich nun die alte Sage vollkommen, warf Louise ein, und der Fluch scheint also längst getilgt.

Nur Geduld, rief der Erzähler, Sie werden sehn, wie der Fürst der Finsterniß das Geschlecht noch einmal zu Klarheit und Glanz auftauchen läßt, um den Untergang desselben noch tragischer zu machen. Dieser junge treffliche Mann war Soldat, er wohnte meist auf jenem kleinen Gute, welches ihm der Vater, ein würdiger Obrist, aber im Dienst eines andern Fürsten abgetreten hatte.

Also wieder ein würdiger Mann, sagte Henriette, und ich will wetten, der junge Mann ist ebenfalls Hauptmann.

Allerdings und ebenfalls, erwiederte Mansfeld, mögen Sie auch lachen, wie Sie wollen. Dieser junge Hauptmann also, in jeder ritterlichen Tugend geprüft, lebte, liebte, klagte, und war in seinem Glücke höchst unglücklich, denn wie ihn sein Mädchen auch anbetete, so war sein strenger Vater, ohne eben wichtige Ursache zu haben, der Verbindung doch mit der ganzen Kraft seines Charakters entgegen.

Das alte Lied, bemerkte Henriette; man verwundert sich sogar schon, wenn die Sache in einer Erzählung einmal anders erscheint.

Weil die jungen Leute, fügte die Mutter hinzu, immer nur auf ihrem Eigensinn beharren, den sie Liebe nennen: weil verständige Eltern, zu welchen auch Dein Vater, Louise, gehört, an die sogenannte Liebe nicht glauben wollen.

Ich weiß, sagte Mansfeld, Herr von Freimund hat darüber ein eigenes, merkwürdiges System, welches er uns jungen Leuten auch zuweilen vorträgt, um uns den Kopf zurecht zu setzen. Liebe, pflegt er zu sagen, ist nur als Leidenschaft und Raserei jenen tollköpfigen Poeten erlaubt, die uns dann jene fürchterlichen Tragödien ausarbeiten, welche uns die Haare aufsträuben und Thränen erregen, welche Trauerstücke einmal einem wohleingerichteten Staate eben so nothwendig als die Narrenhäuser sind. Ehen aber sollen nur nach Vernunft, Convenienz und Bequemlichkeit geschlossen werden, damit sie wahrhaft Glück hervorbringen und auch den Kindern wieder mittheilen können. Der Jüngling oder das Mädchen, welche geständig sind, daß sie lieben, setzen sich der Verachtung eines jeden Vernünftigen aus, und jeder ehrbare Bürger und Staatsdiener sollte auf ihre Beschimpfung und Bestrafung antragen. Wie man ansteckende Fieber, Wahnsinn oder ähnliche Unfälle behandelt, so und nicht anders sollte man mit denen umgehen, die sich für verliebt ausgeben. Hätten nur sechs Paare erst am Pranger gestanden, so würde die Furcht diese abgeschmackte Sitte bald vermindern und in einiger Zeit ganz vertilgen. Die spanische Inquisition sollte auf einige Zeit für diese giftige Lehre von der Liebe nachgeahmt und hierher verpflanzt werden. Eheleute, die sich mit Convenienz vermählen, um das Vermögen zu vergrößern und das Glück des Lebens im sichern Wohlstande zu finden und zu genießen, die sich erst bei und nach der Hochzeit kennen lernen: diese nur erleben die wahre Zärtlichkeit, die mit der Hochachtung ein und dasselbe Gefühl wird, diese nur verstehn es auch, die gegenseitigen Fehler zu übersehen und zu ertragen. Diese werden aber jene unsittliche Leidenschaft, die in unsern Tagen so oft für die Blüthe des Lebens gelten soll, eben so, wie der ächte Philosoph, verachten. – Nicht wahr, gnädige Frau, so lauten die Grundsätze Ihres Gemahls, und er hat auch gewiß nur in diesem Sinne als Bräutigam und junger Gatte Verlobung und Flitterwochen mit Ihnen durchlebt.

O junge, junge übermüthige Menschen, sagte die Mutter halb beschämt, halb lächelnd; ihr werdet auch einmal alt werden und hoffentlich alsdann anders seyn. Mein Mann hat sich seit ewigen Jahren allerhand Grillen und Flausen ausgesonnen, die er wohl jetzt ernsthaft meinen möchte. Hätte er immer so gedacht, so wären wir wohl nie mit einander bekannt geworden.

Louise stand auf und umarmte ihre Mutter heftig. Was ist Dir, Kind, rief diese, was weinest Du; was schluchzest Du denn? Wahrhaftig, wenn viele Bücher so gelesen werden, wie unser kleiner Zirkel hier die unzusammenhängende Geschichte anhört, so kann man sich vorstellen, welche Verwirrung durch Romane in Kopf und Herzen von unzähligen jungen Leuten erregt werden mag.

O Mutter! klagte Louise, so eben waren Sie noch so gut! Und nun sprechen Sie in demselben Augenblicke fast wie der Vater. – Doch weiter, mein lieber Mansfeld, sonst kommt Ihre Erzählung niemals zu Ende.

Wie Sie befehlen, nahm der Erzähler das Wort; auch ist nur wenig noch zu sagen übrig. – Der junge Hauptmann, der als der letzte der sonderbaren Familie das Zauberschloß bewohnte, war, wie schon bemerkt, ein trefflicher junger Mann. Nur litt er viel von den Gespenstern des einsamen Hauses. Bald, wenn eine kleine Gesellschaft am Herbstabend versammelt war und sich des Gesprächs, oder der Vorlesung eines guten Buches erfreute, streckte sich eine lange, bleiche, dürre Todtenhand aus der Mauer und fuhr dem Nächstsitzenden mit Eiseskälte über den Nacken. Ein andermal sah sich die Gesellschaft plötzlich durch einen kleinen, aschgrauen, im Winkel sitzenden Mann vermehrt, der, wenn alle in Schauder aufgelöst waren, wieder eben so plötzlich verschwand, als er erschienen war. In den Nächten hörte man oft seufzen und weinen, dann wieder mit Ketten klirren. Wie seltsames, gespenstisches Nachtgevögel schlug es an die Fenster und schwirrte in den Zweigen der nahen Bäume. Kein Dienstbote wollte bleiben, kein Nachbar wollte mehr das verdächtige Haus besuchen. Ein alter tauber Gärtner, der zugleich den Castellan vorstellte, war am Ende der einzige, der Muth genug behielt, es mit der ganzen Schaar der Geister aufzunehmen. Das Sonderbarste aber war, daß jener Pakt, her schon vor hundert Jahren die Familie unglücklich gemacht hatte, noch fortzudauern schien. Wenigstens versicherten alle Hausleute, sie hätten es erlebt, wie der junge Hauptmann sich unsichtbar machen könne. Er war oft plötzlich verschwunden, zu andern Zeiten war er wieder zugegen ohne daß ihn irgend Jemand hatte kommen oder sich entfernen sehn.

Darum fürchtete alle Welt diesen jungen Mann, und Jeder war überzeugt, er müsse ein elendes und tragisches Ende nehmen. So kam es denn auch und zwar entsetzlicher, als es irgend ein Freund oder Feind hatte ahnden können. – Es war jetzt an der Zeit, daß er seinem Vater zum Trotz sich mit seiner Geliebten verbinden wollte. Sie, die unabhängig war, und die, ohne Eltern, von den entfernteren Verwandten sich Nichts wollte vorschreiben lassen, wohnte in der Nähe des verrufenen Zauberschlosses. Sie besuchte ihn dort auch oft in Gesellschaft von einigen Freundinnen, oder wenn er weibliche Gesellschaft, Verwandte und Bekannte bei sich hatte. Man sprach schon von der Vermählung, als der letzte Krieg mit Frankreich ausbrach, in welchem Deutschland seine Selbstständigkeit durch die seltensten und edelsten Opfer wieder errang. Der junge Hauptmann, Enthusiast wie alle Jünglinge jener Tage, trat sogleich, einer der ersten, als Freiwilliger ein. Der Krieg wälzte sich hieher. Der Vater, als Diener seines Fürsten, war auf der französischen Seite. Keiner wußte vom andern. denn der Lauf der Posten war unterbrochen. Es traf sich, daß die Geliebte, verlassen, bedrängt, von Gerüchten und dem immer näher rückenden Feinde beängstiget, hieher, nach dem Zauberschlosse, zum Bräutigam, ihre Zuflucht nahm. Er war entfernt. Wie verwundert, wie schmerzlich bewegt war er, als er sie in seiner Heimath fand, als sich sein Corps, dazu beordert, hierher bewegte. Rath, Hülfe, Nachfrage, Alles war zu spät, denn jede Stunde war die Erzeugerin wichtiger und trauriger Begebenheiten. Der Hauptmann sicherte die Geängstete, so gut er es vermochte, in seinem kleinen Hause. Schon hörte man von allen Seiten schießen, schon sah man in der Nacht ringsum Kriegsfeuer lodern. Jetzt zeigte sich, dem Strome gegenüber, eine große Abtheilung des feindlichen Heeres. Die Gegend um das Zauberschloß wurde noch mehr befestigt, man wußte aber, daß man sich gegen die Uebermacht nicht würde halten können. Die Braut konnte aber nicht nach der Stadt oder nach einem entfernteren Orte gesandt werden, weil die Franzosen ringsum die Gegend schon besetzt hatten. Sie beschloß, mit dem Geliebten zu sterben. Jetzt wurde von jenseit mit Granaten und Kanonen auf die diesseitigen Verschanzungen gewirkt. Die deutsche Parthei, zwar die Minderzahl, erwiderte kräftig, und ihr Muth war so fest, als wenn sie des Sieges gewiß sei. Boote, Kähne, Schiffe mit Mannschaft, mit Kanonen besetzt, wurden vom Ufer losgelassen, um sich der tapfer vertheidigten Position, die zugleich die Stadt beschirmte, zu bemächtigen. Der Hauptmann stand mit einem Theil seiner Mannschaft unten, hart am Ufer des Flusses, um den Uebergang des Feindes zu verhindern. Ein großes Boot kommt näher, in ihm ein vornehmer alter Offizier der Gegenpartei. Sie erkennen sich gegenseitig, der Vater ist es, der dem Sohne zuruft, sich gefangen zu ergeben, oder sich dem Heere des französischen Kaisers anzuschließen. Der Sohn, schmerzlich bewegt, so dem Vater gegenüber zu stehen, erwiedert, wie der Soldat es muß. Er zieht sich auf die Anhöhe zurück, und sieht nur, daß der Vater gerettet werden möge. Dieser landet. Flinten, Büchsen, Kanonen, alles arbeitet mörderlich hinauf und hinunter. Schon ist die erste Anhöhe erstiegen, die Uniform des Vaters, sein Feldzeichen ist von oben genau zu erkennen, und um so mehr, je mehr er sich dem Zauberschlosse nähert. Man rückt höher, die zweite Anhöhe ist, allem Widerstände zum Trotz, eingenommen. Man fährt Kanonen hinauf. Der Vater selbst kommandirt und richtet nach dem Schlößchen, ein Schuß fällt, und im innern Gemache stürzt die Braut, mit zerschmettertem Haupte, zu Boden. Da ergreift ein ungeheurer Schmerz den Sohn; er zielt mit der Flinte, drückt ab, und der Vater fällt und liegt in seinem Blute. Das Pistol aus dem Gürtel reißend, in Verzweiflung die Mündung vor die Stirn setzend, noch einmal den Namen Louise, der Geliebten, nennend, liegt der Hauptmann getödtet neben der unseligsten aller Bräute.

Um Gottes Willen! schrie Louise laut und kreischend auf. Die Mutter lief zu ihr und nahm sie in die Arme. Böser Mensch, sagte sie, so mein Kind zu ängstigen und zu erschrecken!

Nein, es ist unerträglich, rief Louise, noch blaß und zitternd aus, alle diese neumodigen Geschichten sind mir mehr als verhaßt; eine schreckliche Angst ergreift uns, wenn so das Leben und Alles, was den Inhalt desselben ausmachen kann, auf eine unsinnige Spitze hinaufgetrieben wird, um das als das Vergänglichste und Aberwitzigste hinzustellen, was als das Festeste und Nothwendigste uns immerdar trösten und beruhigen muß.

Sonderbar! sagte Mansfeld; ich soll etwas allgemein Bekanntes erzählen, und werde von meinen Zuhörerinnen, die es mir befohlen haben, nach der Reihe ausgescholten. Und doch ist es nur der Name Louise, der Sie, Theuerste, zuletzt so über die Gebühr erschreckt hat, denn sonst ist für unser Jahrzehend diese Geschichte eine fast alltägliche zu nennen. Während meines Vortrages haben Sie sich überhaupt den Fehler zu Schulden kommen lassen, daß Sie sich alle immer mit den dargestellten Personen verwechselten; darüber ist das reine unbestochene Interesse verloren gegangen. – Das Schlößchen selbst wurde aber bei diesen Kriegsvorfällen fast ganz zerschossen und verbrannt; es ist erst nach dem Frieden wieder von einem weitläufigen Verwandten des letzten Besitzers hergestellt worden, und zwar in der Art und Weise, wie wir es Alle kennen. Daß aber seitdem der Spuk wilder als jemals tobt, daß Kobolde Tag und Nacht das Haus und selbst die Gegend beunruhigen, daß Pferde dort wild und Hunde und Stiere toll werden, daß alle Sorten von Geistern sich zeigen und Ahndungen, Stimmen, Geschrei, Geheul dort rumoren und ihr Wesen treiben, ist Jedem begreiflich und nichts weniger als räthselhaft, der nur etwas mit der Etikette und den ganz natürlichen Folgen solcher unnatürlichen Blutschuld und so gräßlichen Mordes bekannt ist.

Und in dem unglückseligen Hause, klagte die Mutter weinend, sollen wir nun wohnen?

Louise sagte: der Eigentümer, wie mir schon gestern Herr Mansfeld sagte, soll es bloß wegen des tausendfachen Elends, was er dort schon erlebt, meinem Vater verkauft haben.

Alles, fügte Mansfeld hinzu, ist noch lange nicht gesagt und geschildert, denn dazu wird mehr Zeit erfordert. Entsetzlich ist es auf jeden Fall und kann wieder neue tragische Folgen nach sich ziehen.

Ja, ja, sagte der alte Freimund, der schon seit einiger Zeit in der Dämmerung des Hintergrundes stand, ohne daß einer sein Eintreten bemerkt hatte, so ist es, und die Einweihung des furchtbaren Ortes, so wie das Verlöbniß meiner Tochter soll heute oder morgen gefeiert werden. Und ohne Widerrede zwar und ohne den Einspruch irgend eines dummen Gespenstes.

*

Der Hauptmann Carl von Wildenstein saß am Fenster seiner Wohnung, neben ihm sein Freund Ferdinand. Die Reiter begaben sich nach vollendetem Manöver in ihre Quartiere und zogen durch das lichte, offene Städtchen mit fröhlicher Feldmusik. Carl war finster und übel gelaunt, er schien sehnlich jemand zu erwarten, denn immer wieder sah er mit gespanntem Auge nach dem Ausgang der Gasse, die ins Feld hinausführte. Ich bin in der bedrängtesten Lage von der Welt, rief er endlich aus: keine Nachricht von ihr, und mein Vater, der mir helfen sollte, läßt auch auf sich warten! Der alte Mann, der über Alles lacht, meint immer, es werde sich schon geben, für jedes Unglück sei auch ein Mittel da, man müsse niemals die Hoffnung aufgeben, am wenigsten verzweifeln. Als wenn hier noch viel zu erwarten wäre! Auf welchen Zufall soll ich denn rechnen? – Endlich! rief er mit fröhlicher Stimme. Ein Note kam keuchend und ermüdet an, und übergab einen kleinen Brief. Mit jedem Worte, das der Hauptmann vom Blatte gierig las, ward seine Miene finsterer, seufzend faltete er das Papier wieder zusammen und warf sich mit dem Ausdruck des bittersten Verdrusses in den Stuhl. Nun? fragte Ferdinand, keine Hülfe, kein Trost, keine Aussicht? Lies selbst! antwortete der Hauptmann: mein Sinnen ist zu Ende; wenn kein Zufall, kein Glück vom Himmel fällt, so kommt aller Rath zu spät.

Ferdinand las: »Mein Geliebter, wie es werden soll, begreife ich nicht. Mein Vater ist dem Deinigen unversöhnlicher, als jemals; morgen sollen wir auf dem sogenannten Zauberschlosse, dem neu angekauften kleinen Gute, Nachmittag und Abend zubringen. Das Fest der Einweihung soll zugleich durch den Herrn von Dobern verherrlicht werden, an den schon geschrieben ist, und welcher gewiß nicht ausbleiben wird. Kommt er, so weiß ich nicht, wie ich dieser verhaßten Verlobung, die am nehmlichen Abend, morgen, ausgesprochen werden soll, entgehen kann. Denn mein Vater nimmt keine Einwendungen an, und selbst das Vermitteln des Deinigen würde uns nicht weiter führen, man würde den General gewiß nicht anhören, ihn sogar nicht vorlassen, wenn er auch persönlich erscheinen wollte. An meiner Mutter habe ich auch keine Hülfe, die, ob sie gleich das Verfahren des Vaters nicht ganz rechtfertigen kann, doch viel zu schwach ist, mit einem bestimmten Widerspruch gegen ihn aufzutreten. Du bist als Soldat gebunden: und sollten wir denn wagen, der Welt ein Aergerniß zu geben, damit Du Dich nachher Dein Leben hindurch unglücklich fühltest? Wenn ich mich auch krank stellte, und mein Befinden ist in der That so, daß nicht viel Heuchelei nöthig wäre, so würde auch dies nicht weiter führen, denn über alle diese Schwachheiten, wie er sie nennt, lacht nur mein Vater. Wenn der verhaßte Bräutigam sich nur nicht meldete, so wäre wohl die nächste und sicherste Hoffnung, daß der Vater auf einige Tage, vielleicht auf länger, die ganze Sache vergessen würde, so wie es ihm so oft begegnet. Aber wie schwach ist dieser Trost! denn der Verhaßte, dessen Ankunft ich fürchte, ist nicht so zerstreut und vergeßlich. Ich bin der Verzweiflung nahe. Weißt Du keinen Rath und keine Hülfe, so bin ich verloren! Mit Thränen umarme ich Dich.

Louise.«

Eine so verwünschte Situation, rief Ferdinand, wie es nur irgend eine im Leben geben kann! Wäre sie nur fort, aus dem Hause, irgend wohin entflohn, oder entführt.

Den Muth hat sie leider nicht, antwortete der Hauptmann, und ich darf keinen Schritt thun, der mich als Officier compromittirt.

So können wir also nur lamentiren, erwiederte der Freund. Wie kommt aber nur dieser seltsame Haß in Eure Familien? Dein Vater, der General, ist ja die Güte selbst und so heitern Frohsinns, daß er mit allen Menschen leicht zu leben weiß, er ist mit Niemand verfeindet, und so wie man mir den Rath Freimund geschildert hat, ist er auch nicht von jenen Zornwüthigen, die überhaupt in unsern Tagen wohl nicht so zahlreich sind, als sie in vorigen Zeiten mögen herumgetobt haben.

Die Sache, erzählte der Hauptmann, ist lächerlich, wenn sie nicht mein Unglück herbeigeführt hätte. Der Handel, der den alten Freimund so empört und zum unversöhnlichen Feinde meines Vaters gemacht hat, ist schon vor siebzehn Jahren, oder noch längerer Zeit vorgefallen. Mein Vater stand damals als Major in jener großen Stadt an der Gränze. Freimund war dort Assessor. Die beiden Männer lebten als Freunde, so ungleich sie auch waren. Freimund war ernsthaft, verschlossen, ganz und gar den Geschäften hingegeben, Spaß, Muthwille, Laune und alle jene Schwänke und lustigen kleinen Abenteuer, die eine tolle Jugend unternimmt und veranlaßt, waren ihm verhaßt und verächtlich; führte er sein Geschäft und Leben mit einem fast steifen Ernst, so wurde er nicht selten in seiner Feierlichkeit um so mehr beschämt, wenn sein zerstreutes Wesen, das ihn schon damals charakterisirte, Scenen und komische Situationen herbeiführte, die Witz und Laune selber nicht lächerlicher hätten erfinden können. Doch war mein Vater der Erfinder eines Spaßes, den ich nicht loben mag und der die beiden Männer auf immer trennte. Das Militär und verschiedene vom Adel hatten in jener Stadt ein Privattheater errichtet, und mein Vater, wohl gebaut, heiter, belesen, mit einer schönen und ausdrucksvollen Stimme begab, galt in jenen Cirkeln für den Gelehrtesten und für den, welcher in den schönen Künsten die meiste Erfahrung hatte und das sicherste Urtheil besaß. So kam es denn, daß, ohne daß er es gesucht hatte, er nicht nur der vorzüglichste Schauspieler, sondern auch der Director der Anstalt wurde. Die höheren Stände nahmen an diesem Vergnügen den lebhaftesten Antheil, da sie seit lange eines guten wirklichen Theaters hatten entbehren müssen. Freimund ärgerte sich an dieser Unterhaltung, als störende Unziemlichkeit, die manchem Beamten unverhältnißmäßig viele Zeit koste, die den jungen Leuten ein eitles Vertrauen in den Kopf setze auf ein Talent, das sie doch nicht hätten, die Liebschaften abgerechnet, die sich dort anspönnen, so wie die Intriguen, die gegen Eltern und Vormünder in den Gang kommen müßten. Mein Vater suchte ihn zu begütigen und ihm die Sache aus einem froheren Gesichtspunkte vorzustellen, aber vergebens. Seine bittere Kritik war vielen Theilnehmern verdrüßlich, weil sich durch seine laut ausgesprochenen moralischen Betrachtungen manche junge, schöne Mädchen aus guten Häusern abhalten ließen, so öffentlich vor den Augen der ganzen Stadt in verliebten oder schalkhaften Rollen aufzutreten. Es ward daher der Stolz und die Aufgabe, welche die Eitelkeit vieler Mitglieder spornte, den strengen Moralisten, der bis jetzt noch nie einen Zuschauer hatte abgeben wollen, selber anzuwerben und zum Auftreten und Spielen irgend einer komischen Rolle zu bewegen. Diese Anträge wies er aber mit Zorn und Hohn zurück. Mein Vater, übermüthig sich vertrauend, ging mit den reichsten der Theilnehmer eine hohe Wette ein, daß er den Stoiker dennoch, und zwar recht bald zum Auftreten bewegen würde. Freimund hörte von dieser Anmaßung und schalt meinen Vater, der sein Geld an eine so tolle und widersinnige Wette verlieren müsse, da er ihm sein Ehrenwort gebe, daß er niemals, unter keiner Bedingung, in ein so unziemliches Ansinnen einwilligen würde. »Nun gut, sagte mein Vater lachend, so habe ich denn freilich eine bedeutende Summe verloren, und ich setze mich Deinem rechtmäßigen Tadel um so mehr aus, da ich schon Vater bin, und meine junge, schöne Frau mich gewiß mit noch mehr Erben beschenken wird. Doch, Freund, so groß ist meine Wuth zu wetten nun einmal, daß ich Dir dasselbe Spiel anbiete, wette auch mit mir, ich will auch Dir abgewinnen, oder Du sollst ebenfalls von meinem Leichtsinn Deinen Vortheil ziehen.« Freimund mußte selbst über diesen tollen Vorschlag lachen, weigerte sich lange, war aber gezwungen, endlich nachzugeben, und eine ziemlich hohe Summe wurde festgesetzt, die mein Vater verlor oder gewann, wenn innerhalb eines Jahres Freimund auf der Bühne mitspielend erschienen sei, oder eben so lange hartnäckig sein Auftreten verweigert habe. So vergingen einige Wochen. Mein Vater hatte aber nicht sowohl auf das theatralische Talent seines Freundes, oder auf jene Lust gerechnet, die auch wohl einmal den Ungeschickten antreibt, die Bretter zu betreten, als vielmehr auf jene Gabe der Zerstreutheit und des Vergessens, die dem fleißigen Freimund zuweilen selbst bei seinen Arbeiten störend war. Ein heiteres Lustspiel ward wieder gegeben, eines von jenen locker zusammengesetzten, in denen Scenen ohne Nachtheil fehlen können, wie man auch, ohne das Gedicht zu stören, andre hinein legen kann. Der Saal war überfüllt, mein Vater, der Regisseur war, hatte mit denen, die im Wechsel der Scene zunächst auftreten sollten, eine vorläufige unbestimmte Abrede getroffen. In einem Billet hatte er Freimund benachrichtigt, er müsse ihn noch an diesem Abend, wegen eines sehr nothwendigen Geschäftes, sprechen, er bäte ihn daher dringend, auf dem Theater selbst zu ihm zu kommen, wo er ihm in der Garderobe, oder hinter den Coulissen Alles das mittheilen wolle, woran ihnen beiden sehr viel gelegen sei und das keinen Aufschub vertrage. Zur bestimmten Stunde kam Freimund, und der Bediente meines Vaters führte ihn hinter den Scenen zu der Coulisse heraus, wo mein Vater schon, auf dem Theater, an einem Tische saß und durch einen extemporirten Monolog die Zwischenzeit ausgefüllt hatte. Der zerstreute Freimund, der wohl noch niemals auf einem Theater gewesen war, setzte sich ruhig und sicher meinem Vater gegenüber, und verlangte das so nöthige und dringende Anliegen zu erfahren. Mein Vater trug nun eine Sache vor, die im Stücke selbst auch abgehandelt wurde und die spielenden Personen in Verlegenheit setzte. Freimund gab als Rechtsgelehrter Rath und Entscheidung, sprach bestimmt, ganz in seinem Charakter, mit dem mürrischen Humor, den er nur selten ablegt, und ergötzte die Zuschauer, die über sein Auftreten höchlichst erfreut waren, ungemein. Mein Vater, der immer gefürchtet hatte, Freimund würde gleich in der ersten Rede die Hinterlist bemerken und den Saal voller Zuschauer wahrnehmen, spann nun die Scene weiter aus, da der arglose Mitspieler in dem festen Vertrauen war, er säße weit hinter der Bühne, und keinen Blick nach den Zuschauern hinwendete. Die Freude dieser wurde aber bis zum Entzücken erhöht, als in übermüthigster Laune mein Vater, nachdem das erste Thema erschöpft war, die Bosheit so weit trieb, jene Bitte, daß Freimund sein schönes Talent doch einmal auf dem Theater versuchen möge, jetzt zu wiederholen. Freimund gerieth in seinen gewöhnlichen Eifer, stand auf und sagte im Zorn alle die Reden und Betrachtungen her, die man von ihm schon sonst gehört hatte: er soll, so erzählte man, damals ganz vortrefflich gespielt haben. Als die Scene lang genug zum allgemeinen Ergötzen gewährt hatte, brach er auf und rief nach dem Bedienten, der ihn wieder aus den labyrinthischen Gängen des dummen, dämmernden und doch blendenden Theaters auf die verständige, redliche Straße hinaus geleiten sollte. Der Bediente erschien und er ging. Aber nun erhob sich vom Saale her ein so rauschender Beifall, ein solches Schreien, Bravorufen und Toben, daß der arme Getäuschte wohl seine Blicke dahin richten mußte, von woher dieser laute Sturm brüllte. Nun merkte er, daß er die ganze Zeit über auf dem Theater gestanden und gehandelt hatte. Er schoß einen wüthenden Blick auf meinen Vater und lief ab, nachdem er im Zorn erst mit dem Kopf gegen die Coulisse gerannt war. Ein ungeheures Schreien: »Herr Freimund heraus!« ertönte aus allen Kehlen. Fächer klatschten, Tücher wehten, Stöcke und Hände und Füße arbeiteten und das wilde, erschreckende Geschrei der lachenden und begeisterten Zuschauer vermehrte sich mit jeder Minute. Betäubt stand Freimund an der Scene, ein Mitspielender faßte ihn an der Hand und führte jenen, der nicht wußte, wie ihm geschah, an das Proscenium, wo der Jubel, das Klatschen und Bravorufen ihn von neuem, wo möglich noch verstärkt, empfing. Mein Vater bereute jetzt den zu weit getriebenen Scherz, und wollte den geängsteten Freund zurückführen, dieser stieß ihn aber mit dem Ausdruck des größten Abscheus von sich und rannte nach seiner Wohnung. Am folgenden Morgen erhielt mein Vater von Freimund jene ansehnliche Summe, um welche sie gewettet hatten, nebst einem kurzen Billet, in welchem statt des vertraulichen Du, welches unter den

Freunden geherrscht hatte, das fremdere Sie sich vernehmen ließ. Freimund schrieb, er könne vielleicht als Advokat gegen den Gewinn der Wette Einwendungen machen, da es noch nicht so ausgemacht sei, ob er eigentlich als Comödiant gespielt habe, indessen sei ihm unter jetzigen Umständen dieser Verlust gleichgültig, und er sende ihn daher gern, zugleich schicke er aber auch die bisherige Freundschaft mit, die ihnen Beiden jetzt nur lästig fallen könne. Er ließ sich nicht wieder öffentlich sehen und die Regierung gab seinen dringenden Bitten nach, ihn nach zwei Wochen dorthin zu versetzen, wo er seitdem gelebt hat. Alle Versuche meines Vaters, sich ihm wieder zu nähern, alle seine Bitten, wie die von Befreundeten, sind vergeblich gewesen. Mein Vater war mit seinem ansehnlichen Gewinn, der diesen Verlust nach sich zog, nur sehr wenig zufrieden, das Theater gab ihm keine Freude mehr, welches auch einging, da er es nicht mehr betreten wollte, und so machte mein Vater die traurige Erfahrung, daß auch der heitere Muth sich, trunken und über das Maß hinausgetrieben, am gutmüthigen Freunde eben so versündigen könne, wie Neid, Bosheit und alle finstern Leidenschaften in ihrer Empörung es nur vermögen. Wissen konnte er damals freilich nicht, daß dieser zu weit getriebene Scherz auch die Freude meines Lebens vergiften würde.

Armer Freund! rief Ferdinand nach dieser Erzählung aus. Der Haß des Mannes läßt sich freilich auf diese Weise erklären und auch entschuldigen.

Sie wollten das Zimmer verlassen, als ihnen der Reitknecht des Generals entgegentrat und dem Hauptmann einen Brief überreichte. Schnell löste dieser das Siegel und las zu seinem Erstaunen folgende Zeilen:

»Geliebter Sohn,

Dein Elend geht mir zu Herzen. Kann man unglücklicher seyn, als Du es bist? Und das trostlose Gefühl, daß ich Dir nicht helfen kann, und mich in dieser Hinsicht so ganz ohnmächtig fühlen muß! Was Deinen Wunsch betrifft, Dir das bezeichnete Capital zu übermachen, so bin ich dermalen völlig unfähig, dieses Dein Gesuch zu erfüllen. Ich weiß wohl, und verstehe Dich, wenn Du mir schreibst, daß nach Bezahlung dieser Deiner Schulden Du ein frisches, andres, besseres Leben von vorn anfangen könntest. Weiß ich es doch auch aus meiner Jugend, daß man niemals so viel Credit hat, als wenn man alte, oft bemahnte Schulden endlich abstößt; die vormaligen unhöflichen Gläubiger werden dann plötzlich so artig, daß sie dem noch kürzlich mit Verlegenheit Bittenden die rückgezahlten Summen fast aufdrängen und neue Gelder hinzufügen wollen. Das ist aber alsdann das Gefährliche der neuen Lebensbahn, daß sie nach einem Jahre, kommt vollends Regenwetter und vielfältiges Gewitter oder gar Hagelschlag hinzu, so ausgefahren, unbrauchbar und abscheulich ist, daß die besten Wagen, mit herrlichem Vorspann, in dem Morast stecken bleiben, und der kürzlich Lebensmuthige sich jämmerlicher fühlt, als nur jemals. Das ist eine Ursache von den vielen, aus denen ich Dir, beim besten Willen, kein Geld senden kann, oder möchte, selbst wenn ich es hätte, wie ich es denn nicht habe. Dann habe ich auch noch einige andre Betrachtungen angestellt. Du bist verliebt, zum Sterben, zur Verzweiflung. Gut, ich kann Nichts dagegen einwenden, ich bin selbst jung gewesen, und Du kennst meine Gesinnungen über dieses Capitel. Aber – entweder Du liebst so unsterblich und himmlisch überirdisch, um zu heirathen, das heißt, um ein solider Mann, ein Hausvater zu werden, Kinder zu erzeugen und zu erziehn, und allen Einwohnern der Stadt, wenigstens der Gasse, in welcher Du wohnst, als ein Muster zu erscheinen. Gut und schön. Aber dabei Schulden? Verheimlichte? die der Vater nun nach zwei langen verschwiegenen Jahren so ohne nähere Untersuchung bezahlen soll? Da sehe ich keinen Zusammenhang, kein dramatisches Motiv, Nichts, was diese so unsolide Sache erklären oder rechtfertigen könnte. – Oder, Du liebst als ein hoffnungsloser Verzweifelter. Geziemt es denn einem desperaten Schwärmer, prosaische Schulden zu haben? Das klingt wieder nicht zusammmen. Denke Dir den verzweifelten Schäfer Chrysostomus im Don Quixote, oder den Werther, oder Siegwart, oder den uralten verliebten Macias, selbst Romeo, der schon irdischer ist, Petrarca gar nicht einmal zu erwähnen; wenn diese in ihrer überschwenglichen Liebespein bei ihren Anverwandten oder Vorgesetzten angehalten hätten, unsentimentale Schulden zu bezahlen! Sieh, mein Sohn, in dieser hohen Poesie des Lebens und des verklärten Herzens muß so etwas prosaisch Gemeines gar nicht einmal genannt werden, wie Poins auch nicht Unrecht hat, daß Harry's Durst nach Dünnbier, indem er kaum den Percy erschlagen hat, etwas ganz Ungeziemliches sei. Um Dir aber einigermaßen genug zu thun, habe ich die beiden vortrefflichen Rappen, Deine Wagenpferde, hier behalten: Du, ein Cavallerist, dem ich und der Fürst brauchbare Pferde halten, brauchst keine Equipage. Ich habe die beiden trefflichen Renner verkauft, und zwar unter dem Preise, um nur etwas Geld in die Hand zu bekommen, damit diejenigen Deiner Schulden, die Du mir als die allerdringendsten bezeichnest, zu tilgen. Seltsam ist es übrigens, daß der Mann, den Du gern zum Schwiegervater hättest, der sich aber auf keine Weise dazu hergeben will, die raschen Wagenpferde gekauft hat, weil er sie unter dem Preise haben konnte. Zwar weiß er es nicht, denn ein Fremder war der Unterhändler, daß sie uns gehören. Hätte er es erfahren, hätte er sie gewiß nicht genommen. Deinen jungen, schmächtigen, katzenartigen, schnellen und gewandten Jockei habe ich auch deshalb lieber in meinen eigenen Dienst genommen, damit er Dir keine unnöthige Ausgabe mehr verursachen möge. Du siehst vielleicht früher, als Du es denkst. Deinen

zärtlichen Vater.«

Das ist es, sagte der Hauptmann, wenn man einen witzigen Vater hat! Die Rappen schwatzt er mir ab, um sie kennen zu lernen, verkauft sie, behält meinen Jungen dort, und Alles zu meinem Besten! Mit den Pferden war vielleicht eine Entführung zu veranstalten, – jetzt – o ich bin in Verzweiflung!

Der General ist aber, warf der Freund ein, weder lieblos noch einfältig – –

Halten wir uns, seufzte der Hauptmann, noch etwas an diesem schwachen Anker.

*

Im heißen Wetter war der junge Mansfeld mit dem alten Schwieger den Fluß hinunter gefahren. In einiger Entfernung vom romantisch gelegenen Häuschen verließen sie das Boot, erstiegen den Hügel und wanderten langsam der einsamen Wohnung zu. Die Familie Freimunds wollte im Wagen folgen und Sebastian sollte die neugekauften Rappen regieren. In einem Küchenwagen wurden Wein, einige Pasteten, Gefrornes, und was sonst bei der Hitze am schönen Abend angenehm erquicken konnte, nachgeführt. Der

Bräutigam, so hoffte der Vater, würde dann mit der sinkenden Sonne, vielleicht etwas später, ebenfalls eintreffen.

Schwieger stieg keuchend den Hügel hinan. Warum, sagte er, als er oben stand, können dergleichen Expeditionen, wie eine Verlobung, nicht drinnen in der Stadt, in den bekannten vier Pfählen des Hauses vorgenommen werden? Aber zu Wasser gehen, sich hier hinan quälen, wohl gar im Freien essen, und dann Nachts spät, in einem stoßenden Wagen zurück, zur ungewohnten Stunde sich niederlegen, um wahrscheinlich gar nicht zu schlafen! Unser Freimund ist sonst ein solider, vernünftiger Mann, der aber doch auch seine excentrischen Seiten hat.

Die hat jeder Mensch, bemerkte Mansfeld, auch der trockenste, wenn man nur Gelegenheit hat, ihn näher kennen zu lernen, so wie es wohl keinen noch so phantastischen giebt, an welchem nicht irgendwo der Pedant zu entdecken wäre. Diese Mischung macht unsere Thorheit erträglich und unsere Tugend mild.

Das Leben selbst, erwiederte der träge Schwieger, ist aber schon mühsam genug; warum noch Nesseln hineinsäen, die wir Rosen nennen? Hier soll das Essen und das Trinken herausgeschleppt werden, wir müssen darnach wandern, die andern in der Hitze fahren, Wein und Speisen verderben, die Menschen werden müde und matt, wer weiß, ob das Wetter sich erhält, – und dies sind dann die sogenannten Vergnügungen der thörichten Menschenkinder!

Wenn Sie nicht verdrüßlich wären, antwortete Mansfeld. so würden Sie die Sache gewiß anders ansehn: betrachten Sie die schöne heitre Landschaft, den glänzenden Strom, diese Weinhügel, die lispelnden und rauschenden Wälder, den dunkeln, blauen Himmel.

Und die müden Beine, rief Schwieger, die zwischen allen diesen Herrlichkeiten humpeln und stampfen, als wollten sie diese Blumen des Gemüthes in den Boden fest rammen. Es fehlte noch, daß Sie schildern und beschreiben.

Sie standen endlich oben. Beide Männer schauten um sich, und wurden von der Schönheit des Landes überrascht: selbst Schwieger gestand, so wenig ihm diese Gegend fremd sei, so habe er doch noch niemals, sei es nun die zufällige Erleuchtung, oder sei durch die Anstrengung sein Sinn für Natur erhöht, diesen Standpunkt so malerisch gefunden. Das Haus war verschlossen, Niemand zugegen, Stall und Nebengebäude ebenfalls zu, Fenster und Thüren verriegelt. Sie gingen um die Wohnung, die sich an den Hügel lehnte, der von der Rückseite des Hauses bis zum Gipfel mit Waldbäumen besetzt war. An der Hinterseite des Hauses war eine kleine Nische angebracht, die, so schien es, eine Art von Grotte hatte werden sollen, sie war aber von so weniger Tiefe, daß man wohl sah, die Anlage war nicht vollendet worden, denn diese kleine Vertiefung in der Mauer konnte weder vor Sonne noch Regen schützen. Vorn hatte das Häuschen einen kleinen Balkon und auf beiden Seiten zwei gothisch verzierte Thürmchen; in dem einen lief die Wendeltreppe hinauf, zu welcher man aus dem untern Saal durch eine Thür und einige Stufen gelangte. Die einsame Lage, dieses gothische Ansehn des Hauses, das durch Erker und Thürme das Ansehn einer alten Ritterburg gewann, die ziemlich steile Anhöhe, auf welcher es stand, der finstre Wald oben und in der Nähe, alles diente dazu, dieser Stelle, so anmuthig sie war, doch auch den Charakter des Abentheuerlichen zu geben.

Sonderlich! rief Schwieger aus, kein Mensch zu erhören und zu ersehn! Alles wie ausgestorben! Wahrlich, man könnte an alle die Sagen glauben, die man sich von diesem Hause erzählt, wie so still, einsam, fast schauerlich es nun hier ist. Die Fichten da oben säuseln so wunderlich, da unten die Linden und Buchen so poetisch, das Haus nimmt von uns keine Notiz, wir stehen verdutzt hier vor der lieben Natur, und diese scheint uns, statt anzulachen, zu verhöhnen und auszulachen. Nun fehlt nur noch, daß da oder dort plötzlich eine weiße Erscheinung auftaucht, um unsere Imagination völlig zu verschüchtern.

Sie bogen um die Ecke und fuhren zurück, denn wirklich saß unter einer jungen Linde auf einer Bank eine seltsame Gestalt, die sie vorher nicht bemerkt hatten. Ein weibliches Wesen, weiß gekleidet, blaß, nicht mehr jung, die schwarzen vollen Haare über Schultern und Rücken fließend, laut sprechend, mit wilder Geberde, indem die linke Hand ein Blatt hielt, welches sie zu lesen schien; der Strohhut lag auf der Bank. Als sie näher traten und die Ueberraschung überwunden hatten, erkannten sie die Frau, die für die beste Dichterin der Provinz galt. Sie trat den Männern entgegen und sagte: nicht wahr, meine Herren, Sie hätten mich hier nicht erwartet?

Ich habe aber zufällig erfahren, daß heute hier die Verlobung eines edlen Paares gefeiert werden soll, da habe ich mich bei dem schönen Wetter aufgemacht, um die Familie zu überraschen; so eben deklamirte ich mir mein Gedicht vor, das ich den Glücklichen geben und rezitiren will. So im Freien, mit lauter Stimme vorgetragen, fühlt man erst recht die Kraft und Bedeutsamkeit des Verses. O Natur, Natur! Holdeste! Süßeste! laß mich immer wandeln auf deiner Spur; leite mich an deiner Hand, wie das Kind am Gängelband: – – nicht wahr?

Nur keine Affektation, keine Ziererei und widrige Empfindsamkeit, oder Modegefühle und so weiter; nicht wahr! O Natur! Natur! Sehen Sie, wie lieblich es hier ist! Kann man die Wagen noch nicht kommen sehn? Werden wir auch heut kein Gewitter bekommen? Ich habe mit Sicherheit drauf gerechnet, daß die Familie für mich einen Platz in ihrer Equipage haben wird; ein gutes Souper wird uns Allen recht erquicklich seyn. Ich bin wohl etwas heiß geworden, nicht wahr? O Natur! Natur! Sind Sie nicht auch der Meinung?

Schwieger machte ein komisches Gesicht und setzte sich verdrüßlich nieder, Mansfeld aber sagte: immer bin ich Ihrer Meinung gewesen, um so mehr, weil Sie, Theure, einen deutlichen Beweis geben, der der ziemlich allgemein verbreiteten Meinung widerspricht, daß den Damen mehr Phantasie und Gemüth, als eigentliche strenge Philosophie zu Gebote stehe. In Ihnen ist aber Alles so sehr im schönsten Gleichgewicht, daß man beständig zweifelt, welche Gabe man erheben, welche man vermissen möchte.

Soll ich mein Gedicht jetzt gleich vorlesen? fragte die Sängerin.

Schwieger rückte auf der Bank ungeduldig hin und her. Warum das? nahm Mansfeld das Wort; warum wollen Sie uns die schöne Ueberraschung mißgönnen und rauben, daß der Strom der Verse sich in sein natürliches Bette ergieße, indem Vater und Mutter vor uns stehn, die Braut dort mit schaam- und freudegerötheten Wangen, der männliche Bräutigam hold und ernst dareinblickend, und wir gerührte Zuhörer alle im harmonischen Einklang mit Poesie und Natur.

O! Natur! Natur! rief die Dichterin wieder begeistert aus; wer ist, der dich verkennen könnte! Ich muß immer lachen, wenn ich die Menschen beobachte, die nur der Convenienz dienen, die der steifen Etikette fröhnen, die der Natur, der himmlischen, gleichsam geflissentlich, aus dem Wege gehen. Aber sie bleiben wirklich recht lange aus, die Guten. Heute, in dem schönen Sommerwetter ist es aber gar nicht ein Bischen schauerlich hier; Mücken und Fliegen spielen und summen hier so alltäglich, wie irgendwo. O so eine recht grausige Gespenstererscheinung möchte ich gar zu gern einmal sehn: versteht sich, in so guter Gesellschaft, wie wir jetzt beisammen sind, und, wo möglich, am hellen Tage. Haben Sie schon etwas dergleichen gesehn? Oder Sie, Herr Schwieger?

Es begegnet einem wohl, selbst bei Tage, etwas Unerwartetes und Fürchterliches, antwortete Mansfeld, indem er seinen alten Freund, dessen Ungeduld fast schon den höchsten Grad erreicht hatte, mit einem bedeutenden und boshaften Blicke ansah.

O erzählen Sie, erzählen Sie, rief die Sängerin, es scheint, wir haben noch Zeit. Ich trage Ihnen nachher auch wohl etwas Holdes und Idyllisches vor, auch ein kleines Bild aus meinem engumgränzten Leben. – Aber hier, hier sollten und müßten wir nun eigentlich heut noch etwas Wunderbares oder Gräßliches erleben, denn dieser Ort ist doch der verrufenste im ganzen Lande. Es ergötzt die Phantasie ungemein, sich das Abscheuliche, Verzerrte und Gespenstische recht nahe zu rücken und daran zu glauben; und meinen Sie nicht auch, daß wir Neueren so ein Paar der schlimmsten Furien unter die Musen gemischt haben, die nun mit einander im Chorgesang Front machen müssen? Es ist auch so natürlich und reizend, daß dies geschehn, besonders in der Tragödie, die erst dadurch die wahre, für uns Modernen große und innige Bedeutung erhält. Es giebt eine eigne zarte Wohlbehaglichkeit, den fürchterlichsten Mord zwischen Sohn und Vater, die gräßlichsten Verhältnisse zwischen Geschwistern und Blutsverwandten, die grausamsten Tyranneien eines kalten und doch furchtbar verruchten Bösewichts, dessen Verzweiflung nachher um so hitziger ausfällt, mit den geistigsten Spitzen unseres Empfindungsvermögens, mit den sublimsten Regungen, und möcht' ich doch sagen, mit den himmlischen Fasern unseres verklärten Herzens in schmelzender Rührung so innig zu vermählen, daß wir auch in Hölle Himmel, und auch im Himmel das Entsetzlichste wahrnehmen.

O wie trefflich! rief Mansfeld, wahrlich, so muß man über Poesie und Tragödie sprechen hören, damit wir gewöhnlichen Menschen inne werden, daß wir noch niemals von der Sache etwas verstanden haben.

Hier ist einer meiner neuesten Versuche, rief die Muse begeistert, der erste Akt eines Trauerspiels; da Sie gerade in der Stimmung sind, will ich es Ihnen vortragen.

Schwieger seufzte laut. Immer noch, rief er verdrüßlich, kommen die verdammten Wagen nicht! das ist ein Trödeln und Trenteln mit dem Freimund, daß man ihm manchmal alle Freundschaft aufkündigen möchte.

Darum, sagte die Dichterin –

Wie Schade, fiel Mansfeld ein, der einen leidenschaftlichen Ausbruch seines verdrießlichen Freundes befürchtete, wenn wir so mitten im Taumelgenuß und hehren Aufschwung durch die prosaischen gemeinen Karren, den herbeigeschleppten Proviant, das Abladen von Dienern und Kutschern unterbrochen würden! Für mich ist wenigstens dergleichen fürchterlicher, als die gräßlichste Gespenstergeschichte. So vom hohen Parnaß herunter in eine Rebhuhn- oder Aalpastete mit der Nase zu fallen, ist ein Evenement, daß man wohl in Verzweiflung grinsend, mit den Zähnen knirschend, in das irdische Gefüllsel hinein arbeiten muß, und sich am Thierischen sättigen, um nur die Verlegenheit etwas zu maskiren, in die uns dieser so oft wiederkehrende Abfall vom Himmel versetzt. Man muß sich am Irdischen rächen, es bestrafen, verzehren und scheinbar in sich selbst verwandeln, weil es die Menschheit schon vor uralten Zeiten um die süße Lauterkeit des reinen Himmels betrog. So erkläre ich mir wenigstens die Gier, mit der ich oft sonst edle Menschen über Austern oder andere animalische Leckerbissen herfallen sehe.

O wie schön! sagte die gerührte Frau mit schwimmenden Augen, die sich unwillkürlich zum Himmel lenkten. Diese zarte Empfindung, Herr Mansfeld, hätte ich Ihnen nicht zugetraut. Wohl ist es unsere räthselhafte Bestimmung, daß wir mit dem genießbaren Element auf so vertrautem Fuß von intimer Bekanntschaft stehn müssen, daß die unschuldige sanfte Taube, wie sie als silberner Punkt im Azur uns ein lichtes Bild der Liebe und Andacht wird, doch an demselben Tage von uns als Braten verspeiset wird. Auch darüber habe ich ein Idyll –

Da Sie zum Lesen gestimmt sind, sagte Mansfeld, so will ich Ihnen lieber etwas vortragen, was uns nicht so erschüttern wird, wenn wir unterbrochen werden sollten. Es ist nur eine kurze, nicht viel bedeutende Novelle, ein Titel, der jetzt für alles Mögliche beliebt wird. Daß aber die Arbeit nicht von mir herrührt, brauche ich wohl nicht hinzuzufügen, da Jedermann meine völlige Unfähigkeit bekannt ist, irgend etwas Lesbares, meine Akten ausgenommen, hervorzubringen. Es rührt, was ich mittheile, von jenem Verfasset her, von dem schon manche Erzählungen bekannt geworden sind. Er scheint sich bei dem Titel *Novelle* etwas Bestimmtes, Eigentümliches zu denken, welches diese Dichtungen charakterisiren und von allen andern erzählenden scharf absondern soll. Doch es ist nicht mein Beruf, ihn zu kommentiren, ich theile Ihnen die Geschichte selber mit, die überdies für eine wahre Anekdote ausgegeben wird. Er nahm einige Blätter aus der Tasche und las:

Die wilde Engländerin. Novelle.

Es lebte in Northumberland ein reicher Gutsbesitzer mit seiner einzigen Tochter. Da sie eine reiche Erbin war, so wurde das wohlgebildete Mädchen von vielen jungen und ältern Leuten aus der vornehmen Welt aufgesucht, die sie zur Gattin wünschten. Sie war mit Allen freundlich, so wie aber die Rede auf diesen Gegenstand kam, so wie ihr einer von Liebe sprach, wendete sie sich von ihm mit großer Strenge ab, vermied seinen Umgang und war gegen ihn so kalt und gleichgültig, daß der beschämte Freier das Schloß des Vaters nicht wieder besuchte und sich gern aus der Gegend entfernte.

Florentine war groß und schlank, die Farbe ihres Gesichtes von dem reinsten Weiß, die seinen Lippen von frischer Röthe, und das Haar, das sie in kurzen Locken um Stirn und Nacken fliegen ließ, rabenschwarz; eben so dunkel waren die feingezogenen Augenbrauen, das braune Auge blickte Jeden heiter und freundlich an, verwandelte sich aber in den finstersten Ernst, wenn Jemand die gewöhnliche Höflichkeit in den Ton der Zärtlichkeit umstimmen wollte. Sie sah sich gern zu Pferde, ritt auch oft ohne Begleitung, die Einsamkeit schien ihr überhaupt lieber, als der Umgang selbst von interessanten Menschen. Die gewöhnlichen weiblichen Arbeiten vernachlässigte sie fast ganz und schien sie zu verachten, eben so kümmerte sie sich wenig um die unterhaltenden Bücher und kannte die Poeten, selbst die ihres Vaterlandes, fast gar nicht. Astronomie beschäftigte sie am meisten, und in der Nacht war sie fleißig auf dem Observatorium, welches der Vater ihr auf einem der Thürme des Schlosses hatte bauen lassen. Sie las die wichtigsten Werke dieser Wissenschaft und stand, der Instrumente wegen, und um sich in Briefen über schwere Fragen zu unterrichten, mit den berühmtesten Astronomen, auch des Auslandes, in Korrespondenz, denen sie in lateinischer Sprache schrieb, welche sie schon seit ihrer frühen Jugend mit großem Eifer erlernt hatte. Mathematik war ihr natürlich nicht fremd, und wie andre Mädchen sich in ihren Lieblingsdichtern und den geistreichen Darstellungen der Leidenschaft vertiefen, so saß sie am liebsten, welches ihr die schönsten Stunden waren, über sehr verwickelten algebraischen Aufgaben, suchte die schwierigsten zu lösen, und vergaß dann die Welt um sich her. Von diesen

Studien wußten aber nur wenige Menschen, weil sie selber nie davon redete; der Vater hielt sein Versprechen, dieser Sonderbarkeit gegen Niemand zu erwähnen, und so geschah es, daß mancher Besucher sie für einfältig, unwissend und ungebildet hielt, wenn sie von dem, was im täglichen Leben gesprochen wird, so gar Nichts wußte, kein Buch kannte, sich für kein Gedicht, für keinen Roman interessirte; so wie sie im Gegentheil manchen ihrer Bewerber, manchen seinen Mann, der für hochgebildet galt, im Stillen verachtete, wenn er so oft, ohne sich deß zu schämen, über alle jene Gegenstände, in welchen sie erfahren war, die tiefste Unwissenheit verrieth.

Dieser Charakter wurde so wenig verstanden, daß man sie in der Gegend dort nur die schöne Wilde nannte. Die Frauen fürchteten sich vor der hohen edeln Gestalt und ihren dunkeln durchdringenden Augen, und wenn es irgend möglich war, vermied Florentine die weiblichen Gesellschaften ganz, deren Gespräche sie eigentlich nicht verstand, und deren Tugenden wie Fehler ihr auch so geringfügig schienen, daß sie von beiden keine Kenntniß nehmen mochte.

Der verständige Vater, der sein einziges Kind innig liebte, hatte schon längst im Stillen vielen Kummer darüber, daß er dieses schöne Wesen so wunderbar sich entwickeln und in seinen Eigenthümlichkeiten immer fester und sicherer werden sah. Er hatte immer gehofft, daß irgend einer der schönen und liebenswürdigen Jünglinge, die sich um sie bewarben, ihr Herz rühren und den starren Sinn brechen würde, aber je reizender die jungen Männer waren, je leichter sie durch ihre Eigenschaften andre Schönheiten gewannen, um so bestimmter und kälter wendete sich Florentine von ihnen ab und erklärte einmal ihrem Vater, diese Wesen seien eben so wenig Männer als Frauen und erschienen ihr wie eine Art von Sylphen oder Feen, von denen sie in ihrer Kindheit einmal hatte reden hören, und die die Natur recht eigentlich nur auf den Putz geschaffen habe, um mit ihnen die leichte Jugend einiger Närrinnen auszuschmücken. Nachher veralte freilich dieser Putz viel schlimmer, als ein alltägliches, grob gewebtes Kleid. Was früher, im Zustand der Neuheit, reize, sei abgetragen und vernutzt, abgeschmackt; dies scheine ihr die traurigste Verirrung der Menschen.

Der Gram des Vaters war noch gesteigert worden, als ein edler Mann, von reifen Jahren, auf Reisen gebildet, ernst und gesittet, sich um die Hand der schönen Tochter bewarb. Da Lord Falmouth schon die Art und Weise Florentinens kannte, so hütete er sich, ihr den zärtlichen Liebhaber darzustellen, was seinem festen männlichen Wesen schon von selber ziemlich fern war. Indessen hoffte er, sie an sich zu gewöhnen, und sich ihr nach und nach unentbehrlich zu machen, durch seine Ergebenheit und Aufmerksamkeit ihr starres Gemüth zu zähmen, und endlich, wenn sie von seiner unwandelbaren Treue und ächten ehrfurchtsvollen Liebe überzeugt sei, ihr Herz zu rühren. Florentine hörte auch den feinen Mann von seinen Reisen gern erzählen. Lust und Neigung, auch Verhältnisse hatten ihn in alle Länder, in alle Theile der Erde weit herum geführt. Er konnte ihr von dem Zustande der Menschen auch in den entferntesten Zonen anschauliche Berichte geben, er konnte ihr die Sitten und Gebräuche der wilden und halb gebildeten Völker malen, seine Schilderungen von den verschiedenen religiösen Secten waren ihr lehrreich, mit der größten Aufmerksamkeit hörte sie diese Berichte und verglich das Sonderbare der fremden Länder gern mit dem, was ihr als einheimisch vertraut war. Ihr klarer, freier Sinn ergötzte sich an diesen Erzählungen, weil durch diesen vielseitig unterrichteten Mann, der die Gabe des Vortrages in einem hohen Grade besaß, ihre Phantasie allenthalben wie zu Hause wurde. Was sie noch inniger an ihn schloß, war, daß er ebenfalls in Mathematik, Mechanik und Astronomie für gelehrt gelten konnte, die Schiffsbaukunst hatte er mit Vorliebe studirt, Seekarten hatte er auf seinen Reisen ausgearbeitet, und Florentine hörte in diesen Gebieten, wo sie schon einheimisch zu seyn glaubte, von ihm viel Neues, was ihre Wißbegierde mit brennendem Eifer auffaßte. Noch nie war ihr ein Mann so interessant gewesen; aber was dem Vater sonderbar auffiel, noch keinem war sie mit dieser schroffen Härte begegnet, wenn das Gespräch sich nur irgend von wissenschaftlichen Gegenständen entfernte und sich dem Tone freundschaftlicher Vertraulichkeit näherte. Der Lord, der über alle Verirrungen der Jugend und des schwärmenden Herzens hinweg zu seyn glaubte, und lange nur eine zarte, innige Liebe für das wunderbare Wesen empfunden hatte, ward durch die Erfahrung überrascht, daß eine brennende, heftige Leidenschaft immer ungestümer erwachte und ihn zu zerstören drohte, und mit solcher Gewalt und Tyrannei über alle Entschlüsse und Vorsätze siegte, wie er selbst in seiner stürmischen Jugend die Kraft der Liebe nicht erfahren hatte. Es war ihm unmöglich, in allen Stunden dieses verzehrende Feuer zu verbergen; aber so wie er nur ein Wort, einen freundlichen Blick wagte, zog sich Florentine verachtend zurück und begegnete allen seinen Gesprächen noch lange nachher mit dem feindseligsten Gemüthe. In einsamen Stunden war der Lord wohl der Verzweiflung hingegeben, weil er es mit der größten Bestimmtheit fühlte, daß sein inneres Wesen schon so mit seiner Leidenschaft und dem herben hochherzigen Wesen Florentinens verwachsen sei, daß eine Trennung von ihr ihm mehr als Tod schien, und doch mußte er alle Hoffnung aufgeben, sie jemals seinen Wünschen geneigt zu machen. Kam es ihm in vielen Augenblicken doch sogar vor, als ginge in der That das Schönste und Eigentümlichste in Florentinen zu Grunde, wenn sie sich entschließen könnte, als Gattin und Mutter in die gewöhnliche Bahn des Lebens zu treten: ihm war in solchen Momenten der Betrachtung, als dürfe er es selbst nicht wünschen. Dann erwachte wieder die ganze Kraft der Leidenschaft, welche ihm sagte, daß sein Gemüth für alle Zukunft hinaus keinen andern Wunsch mehr hegen könne, als nur den, sie zu besitzen. Je klarer, ruhiger sie war, um so verwirrter und aufgeregter fühlte er sich ihr gegenüber. Eine Stimmung, die sich verfinsternd über sein ganzes Sein ausbreitete, machte ihn oft den Tod wünschen, indem er das Leben verachtete und haßte.

Der Vater, der sein zerrissenes Wesen wohl bemerkte, suchte ihn nicht selten zu trösten. In einer vertraulichen Stunde sagte er dem tiefbekümmerten Lord: Freund, ich leide mit Ihnen, wenn ich sehe, daß Sie sich so verzehren. Auch Ihr Charakter, Alles, was in Ihnen schön und edel ist, muß in dieser Verwirrung zu Grunde gehn. Wüßte ich nur ein Mittel, Sie zu erheitern und zu zerstreuen, oder meinem unglücklichen verwilderten Kinde eine menschlichere Gemüthsstimmung zu geben!

Wie nur, antwortete der Lord, aus seiner Zerstreuung auffahrend, ist dieses hohe Gemüth, dieser starke Sinn zu dieser Härte und Schroffheit gelangt, die wilder jungfräulich als Diana und Minerva sich zeigt, da diese Bilder doch den höchsten Inbegriff der unverletzten Jungfräulichkeit darstellen sollten?

Der Vater nahm das Wort: so sehr ich auch durch Jahre der Be-
obachtung an die Art und Weise meiner Tochter gewöhnt seyn
sollte, so erstaune ich doch oft von neuem, wenn ich ihr Wesen
betrachte, das ich wohl zu verstehen glaube, das mir aber dennoch
immer fremd bleibt. Schon in frühester Jugend war sie sehr ernst,
und konnte sich nicht mit Puppen oder anderem kindischen Spiel-
zeug beschäftigen. Auch Bücher, Erzählungen und Gedichte inte-
ressirten sie nicht. Durch einen wackern Pfarrer gerieth sie in die
mathematischen Wissenschaften. Ihr Studium war unermüdet, und
ich, der ich für diese Sachen nicht sonderlich Sinn habe, mußte sie
bewundern, denn bald war sie ihrem Lehrer zu gelehrt geworden.
Ein Professor aus Edinburg lebte lange in unserem Hause, da er
aber, noch nicht alt, zu freundschaftlich und zärtlich wurde, mußte
ich ihn auf ihr dringendes Verlangen wieder entfernen. Als der Sinn
der reifenden Jungfrau erwachte und sich des Geheimnisses des
Lebens bewußt wurde, ward sie so melancholisch, daß ich für ihre
Gesundheit oder für ihren Verstand ernsthaft besorgt werden mußte. Es kommt sehr viel darauf an, in welchem Moment, unter welchen Umständen das junge Gemüth über die Bestimmung des Daseins, der Geschlechter und von den Verhältnissen des Lebens un-
terrichtet wird. Wir sprechen, schreiben so viel über Erziehung, die
deutsche Nation soll ganze Bibliotheken darüber besitzen, aber der
soll noch geboren werden, der über den sonderbaren Punkt Aus-
kunft giebt, auf welche Art der unwissenden Unschuld jener Witz
der Natur, die Sache, die zugleich heilig und gemein ist, auf die
richtigste Weise beigebracht werden kann. Ich weiß wohl, daß manche Eltern und Lehrer roh und fast frech dabei zu Werke gehn und
die Phantasie auf lange vergiften; schlimmer mag es freilich seyn,
dem Zufall den Unterricht zu überlassen, dessen Bosheit sich dann
wohl niedriger Menschen und Domestiken bedienen kann, die gemeine Lüsternheit zu wecken. Unter unserer Obhut und den Augen
meiner züchtigen Gattin war das Mädchen nun groß geworden und
über seine Jahre verständig. Ein anatomisches Buch unter den latei-
nischen Werken hatte sich zu ihr verirrt und ihre Wißbegier hatte
sich des Inhalts bemeistert; denn daß ich die lüsternen und anstößi-
gen Dichter ihr verbarg, werden Sie mir ohne meine Versicherung
glauben. Meine Gemahlin war schon gestorben, als Florentine damals von jener tödtlichen Melancholie befallen wurde. Als sie nach
vielem vergeblichen Zureden endlich den Muth faßte, sich mir et-

was zu vertrauen, und mehr ihre Beschämung als ihr Wort sprach, sah ich nun wohl ein, daß sich ihr auf lange das Leben verfinstert hatte und die erste und feinste Blüthe des Daseins verduftet war. Der Zauber der Kindheit war dahin und ich hoffte, daß die Liebe und ihre Sehnsucht, der Rausch des Herzens eine neue frischere Blume hervortreiben würden, daß sie den Pfad finden solle, auf welchem die jungen Gemüther von selbst, im poetischen Leichtsinn und in süßer Trunkenheit, der Bestimmung des Lebens entgegen gehn und ganz der Forderung der Natur gemäß, erst tändeln, dann lieben, im Brautstande selig und als Mütter glücklich sind. Ich erfuhr aber zu meinem Schmerz, daß keine Erziehung, keine Ermahnung, keine noch so verständige und consequente Richtung etwas vermögen, wenn eine wahre Selbstständigkeit, ein Charakter, ein eigenthümliches Wesen sich aus seinem Innern nach nothwendigen Gesetzen entwickelt. Es wurde immer deutlicher, daß das junge kräftige Wesen nicht mit jenem poetischen Leichtsinn begabt war, der vielleicht nothwendig ist, um uns in unserer sonderbaren Existenz mit Leichtigkeit zurecht zu finden, daß sie sich durchaus nicht mit den Bedingungen des menschlichen Daseins versöhnen konnte, daß diese physischen Bedingnisse, die Abhängigkeit vom Irdischen sie immerdar beschämten und diese Scham in einen Groll gegen das Leben selbst verwandelten. So ist ihre Beschäftigung, ihr Studium gleichsam eine fortwährende Zerstreuung, um sich vor sich selbst zu verbergen. Ihr Zustand ist nichts andres, als eine wahre Gemüthskrankheit; wie wir denn so Alles nennen müssen, was sich nicht in jene bewußte und unbewußte Resignation fügen will, in der wir mit Tändeln, Passivität, Beschäftigung, Leiden und Freuden die seltsame Basis unseres Lebens vergessen, wo Lust und Scherz mit der Verwesung liebäugelt. Sind doch, wenn man sich dieser Stimmung hingiebt, auch Philosophie und Religion nur Zerstreuung; die wahre einzige Beruhigung giebt es nur im Tode.

Der Lord sah den Freund mit einem langen prüfenden Blicke an. Wenn es so ist, sagte er endlich, so hat sie vieles von diesem Krankheitsstoff vom Vater geerbt. Zum Glück, daß alle unsere Gefühle stärker sind, als diese finstern Stimmungen, und je natürlicher man fühlt, um so stärker. Oder auch wohl zu unserem Unglück. Denn es ist ja gewiß, daß, wenn ich diese Unruhe der Sehnsucht, diese Ahndungen, die aus dem Himmel selbst zu stammen wähnen, dieses

Feuer, in welchem alles Leben mit seinen Kräften auflodert, nicht in ihren Armen mildern und verklären kann, ich der unglückseligste der Menschen bin. Das ist ja eben die Liebe, daß das einzige Wesen ganz aufgeht in meinem Herzen, daß ich ganz in ihm bin und mich fühle, und daß ich dennoch, um nicht zu vergehn, dieses Bewußtsein des Einzigen, Nahen durch die innigste Verbindung wieder in ein Fremderes mildern und sänftigen muß. In den Kindern wächst und blüht dann das Jugendgeheimniß wieder reizend und schön um uns her, und die Liebe des Gatten und Vaters erhebt unser sehnsüchtiges Herz alsdann zu einer andern Region, wo es sich wieder verklärt und erheitert.

Wir bemühen uns, erwiederte der Vater, das auszusprechen, was man immer nur andeuten kann. Wie wir fast Nichts im Leben vorher berechnen können, so ändert ein glücklicher Zufall, ohne unser Zuthun, vielleicht Alles.

Freilich sollen wir uns über Alles trösten und beruhigen, antwortete der Lord, so spricht man uns ja immer vor, und wenn wir es nicht können, sind wir Thoren, aber auch, wenn wir es vermögen, eben nichts Besseres. Das ist das Ende alles Tiefsinns.

Die Männer schieden von einander, und bald darauf ging der bekümmerte Vater auf das Zimmer seiner Tochter. Sie hatte sich eben zum Ausreiten angekleidet und drückte den grünen Hut mit den schwankenden Federn auf die schwarzen Locken. Als der Vater eintrat, setzte sich die große Gestalt, die ihn fast überragte, wieder zu ihm. Das Gespräch nahm bald eine Wendung, die nicht ungewöhnlich war. Liebster Vater, sagte sie endlich, lassen Sie mir meine Freiheit. Warum soll ich mich an irgend einen Mann, auch wenn er mir als Freund wohlgefällt, wegwerfen? Ist denn die Ehe wirklich die Bestimmung aller weiblichen Wesen? Ich glaube es nicht. Ich bin nur in der Lage glücklich, in welcher ich mich jetzt befinde. Der Himmel erhalte Sie mir nur lange; nachher muß ich selbst für mich sorgen, und nach meinem Tode kann das Vermögen, das zurückbleibt, manchem ärmern Verwandten zu Gute kommen. Auch mögen Sie, Liebster, schon über einen Theil, oder über so viel Sie wollen, Ihre Anordnung treffen; was ich brauche, wird mir immer bleiben. Wenn Sie wüßten, welches Grauen ich vor diesem Leben empfinde, wie ich es die meisten Menschen führen sehe, Sie würden niemals, auch nur mit einem Worte noch, in mich dringen. Wenn die Menschen freier und weniger Sklaven der Leidenschaft oder der Gewohnheit wären, sich nicht von Kleinigkeiten, Tand und dem nichtigen Flitter des Lebens beherrschen ließen, so möchte ich ein Kloster für Jungfrauen von meiner Gesinnung stiften.

Nach einigen Worten nahm sie Abschied, und der Vater sah mit Kummer und Freude der Heldengestalt nach, wie sie auf dem großen Rosse rasch über den Hügel hinritt, nur allein vom Lord Falmouth begleitet. Dieser fand sie heut schöner, als jemals, aber dennoch faßte er den Entschluß, sich schon morgen zu entfernen, um zu erfahren, ob er die Trennung ertragen, oder ob sie wohl sogar seine Leiden vermindern würde. Als sie im Walde waren und langsamer neben einander ritten, ließ er einige Winke von seinem Vorsatz fallen. Florentine war befremdet. Daß seine Abreise möglich sei, war ihr noch gar nicht beigekommen, so sehr hatte sie sich an seine Gesellschaft gewöhnt. Als Lord Falmouth hiervon Gelegenheit nahm, seine Wünsche nur aus der Ferne anzudeuten, brach sie kurz ab und fing ein anderes Gespräch an. So kamen sie nach verschiedenen Wendungen der Rede auf die Herrscher, welche in der Geschichte berühmt sind. Florentine sagte, indem sie sich auf den Rückweg begaben: von allen den Sterblichen, welche jemals den Scepter geführt haben, und von denen ich in meiner beschränkten Kenntniß etwas erfahren habe, hat Keiner so ganz meine Bewunderung und Liebe, wie unsere englische hochgesinnte Königin Elisabeth. Daß sie klug und vorsichtig gegen die größten Monarchen von Europa zu kämpfen hatte, ist es nicht, was zumeist meine Bewunderung erregt, auch nicht der feste Sinn, mit dem sie unter so vielen streitenden und mächtigen Parteien den Glauben aufrecht erhielt, der ihr der rechte dünkte, oder der ihrem klugen Ueberblick am meisten zu statten kam; nein, das hat ihr mein ganzes Herz erworben, daß sie unvermählt blieb, so dringend auch mehr als einmal die Veranlassung schien, daß sie sich gefangen geben sollte. Und herrlich ist es, daß ihr Auge nicht für die Vorzüge der Männer blind war, unter denen sie manchem ausgezeichneten großen Geiste ihr Vertrauen und ihre Freundschaft schenkte. Scheint es doch, als wenn ihr Wohlwollen für mehr als einen eine Richtung genommen habe, die Mancher wohl poetisch, romantisch oder leidenschaftlich nennen möchte. Doch wenn ihr Herz sich auch ganz den Eindrücken jener edeln oder schönen Geister hingeben konnte, so blieb darum doch ihr Sinn und ihre Freiheit unbewegt. Was einige elende Lästerer von ihr haben fabeln wollen, ist so gemein, daß es selbst meiner Verachtung zu niedrig dünkt. Aber freilich ist es wohl nur einer so großen Königin gegönnt, daß sie Freunde und vertraute Freunde haben darf, mit denen sie in glücklicher Freiheit lebt. Nur auf dieser hohen Stelle kann sie, ohne zu sehr zu kränken, jeden, der ihre Zärtlichkeit in Anspruch nehmen will, in die Bahn zurückweisen, die ihm und ihr geziemt. Eben dies war Elisabeths Glück und ihr Ruhm. –

Und Sie wollen abreisen? fragte Florentine, als sie dem Schlosse schon ziemlich nahe waren. – Ich muß und will, antwortete der Lord, und werde es auch thun, obgleich ich noch nicht weiß, wie ich werde leben können. Aber besser, es entscheide sich, wie es auch sei, als so den abwechselnden Foltern Preis gegeben zu seyn.

Freilich, antwortete sie mit flammenden Augen, muß ein verständiger, edler Mann, für den ich Sie immer gehalten habe, seine Kenntnisse, Gedanken, Erfahrungen, alle seine guten Eigenschaften aufopfern, um auch jene Reden zu führen, die man so oft von den männlichen Kindern hört. Sie spielen den Beleidigten, Gekränkten: und was habe ich Ihnen gethan? Was kann ich für Ihre Wünsche, die zu bilden ich Ihnen keine Veranlassung gab? Jene Wünsche, Seufzer, Artigkeiten und allen den Tand, der aus dem Munde unerfahrner Jünglinge mir so lästig gewesen ist! Der verständige, erfahrne Mann sollte mit diesen nicht in demselben ausgetretenen Geleise der Thorheit wandeln.

Falmouth sah sie fest und mit einem sonderbaren Blick an. Er konnte seinen Zorn nicht ganz zurückhalten. Ich fürchte, rief er aus, und der Himmel wende ab, was ich ahnde, ein Laffe, ein Nichtswürdiger wird diesen wilden Falken einmal zähmen, denn auch dem stolzesten Herzen schlägt endlich seine Stunde.

Sterben eher! rief sie mit dem heftigsten Ausdruck des Widerwillens. Sie selbst wollen mir es recht leicht machen, Ihre Abwesenheit zu ertragen. So leben Sie denn wohl!

Sie trieb das Pferd an, und Beide waren im höchsten Unmuth bald vor dem Schlosse angelangt. Er stieg ab, um ihr zu helfen, sie wendete sich mit dem Ausdruck des höchsten Unwillens, sie wollte sich eilig vom Pferde schwingen, und das Reitkleid blieb fest am Sattelbogen, ein Moment, und sie stand halb nackt vor dem Erstaunten. Mit einer Schnelligkeit, die unmöglich schien, rannte sie ins Haus und der Lord gab die Pferde ab und begab sich nachdenkend träumend in den Park.

Das Seltsamste, alle gewöhnliche Sitte Aufhebende, war für einen Augenblick dem sprödesten aller Wesen begegnet. Wußte Falmouth jetzt, so wie kein Anderer, wie schön sie sei, so konnte er auch darauf rechnen, daß sie ihn von diesem Moment, der wie ein Blitz vorüber geeilt war, für ihr ganzes Leben mehr als irgend einen andern Sterblichen hassen würde. Auf die sonderbarste Weise war ihm eine Gunst widerfahren, die sein Herz trunken machte, und die er sich doch so wenig aneignen durfte, daß ihm diese Begebenheit nur um so gewisser seinen Scheidebrief schrieb.

Er wollte sein Pferd fordern, denn es schien ihm unmöglich, sie heute wenigstens zu sehn, er wollte reisen, um vielleicht nach einigen Wochen wiederzukommen, als ihm der Vater Florentinens begegnete, der gekommen war, ihn aufzusuchen. Sie dürfen heute nicht fort, sagte dieser, meine Tochter ist krank, hat sich niedergelegt, wie die Dienerin sagt, unter Vergießung unzähliger Thränen: sie soll zittern, leichenblaß seyn und wie irre sprechen, doch will sie mich nicht zu sich lassen; den Arzt, der ein Fieber befürchtet, hat sie mit Heftigkeit von sich geschickt. Alle Vorhänge, die Fensterladen sind geschlossen, so in einsamer Finsterniß liegt sie schluchzend und entzieht sich jeder Hülfe wie jedem Trost.

Der Lord wich allen Fragen aus, was vorgefallen seyn könne, er gestand nur, daß es einen kleinen Streit gegeben, wie er sich schon oft zwischen ihnen ereignet habe, behandelte aber jenes Ereigniß, so wenig es diesem auch glich, wie das heiligste Geheimniß der Liebe. – So müssen Sie mir Gesellschaft leisten, fuhr der Vater fort; wenigstens jetzt noch nicht, bis meine Tochter wieder besser ist, an Ihre Abreise denken.

Florentine erschien an diesem Tage nicht, auch am folgenden ließ sie sich vor Niemand sehn, selbst die vertraute Dienerin durfte nicht zu ihr, jede Nahrung wies sie zurück. Der Arzt ward nicht vorgelassen. Am dritten Tage durfte ihr dieser, der sie nicht krank fand, etwas verschreiben; sie genoß nur Weniges.

So verging eine Woche. Der Vater, welcher fürchtete daß sie in dieser ihm unbegreiflichen Aufregung wahnsinnig werden könne, wollte eben zu ihr gehn, um sich, wenn es nöthig seyn sollte, mit Gewalt den Eingang in ihre Zimmer zu eröffnen, als sie selbst mit ziemlich heitrer Miene in die Bibliothek zu ihm trat. Der Vater umarmte sie mit einer Herzlichkeit und Freude, als wenn sie ihm nach einer tödtlichen Krankheit wieder geschenkt wäre.

Liebes Kind, fing der Vater nach einiger Zeit an, indem er sie genauer betrachtete, was war Dir nur in dieser Woche? Wie ist es Dir ergangen? Warum hast Du Dich mir entzogen? Wie konntest Du mir diesen Kummer machen, da ich jetzt wirklich sehe, daß Du nicht krank gewesen bist?

Er, der Lord, sagte sie erröthend, hat Ihnen Nichts erzählt? Sie wissen es wirklich nicht?

Weiß er, mein Freund, erwiederte der Vater, etwas von Dir, was Du mir verschweigen konntest?

Sie erzählte ihm kurz und eilig das Ereigniß, und beschloß dann mit den Worten: und nun bitte ich Sie, lieber Vater, sagen Sie ihm, daß ich ihn heirathen werde, ihn heirathen muß.

Wie? rief der erstaunte Vater; mein Kind, so sehr Du dadurch meinen innigsten Wunsch erfüllen würdest, so bitte ich Dich, ja ich beschwöre Dich, Dein Wort wieder zurückzunehmen. Mache Dich nicht, aus einer zarten Schaam, aus einem überspannten Gefühl, zeitlebens unglücklich. Du hast es hier mit keinem unbesonnenen Jünglinge zu thun, der sich für Deine Sprödigkeit vielleicht dadurch zu rächen suchte, daß er Dich durch Erzählung dieses Unfalls lächerlich machte: ein edler, ernster Mann ist der Lord, dessen Zartgefühl ihm selbst nicht erlaubt hat, mich, den Vater, zum Vertrauten zu machen.

Und wenn er der elendeste Laffe wäre, rief Florentine heftig aus, so müßte ich sterben, oder er müßte mein Gemahl werden. Wenn auch nie ein Wort über Falmouths Lippen geht, so ist es doch in seiner Erinnerung, in seinem Wesen, was nur mein Mann wissen darf. Er ist edel, er liebt mich –

Aber, rief der Vater, noch keinem Deiner vielen Freier bist Du so schnöde begegnet, jeden andern hast Du mehr ausgezeichnet. Du machst Dich elend, Dein Widerwille, Dein Haß gegen diesen Mann, der freilich kein Jüngling mehr ist, mußte einem Jeden auffallen, der Dich auch nicht so oft, nicht so aufmerksam beobachten konnte, als Dein Vater.

Sie umarmte den Allzubesorglichen, innig von seiner Liebe gerührt, da sie wußte, was es ihn kostete, ihr abzurathen. Wie er sie zärtlich an sich drückte, weinte sie heftig und erschüttert an seiner Brust, wich dann zurück und sagte unter Thränen: Ach, Liebster, jetzt erst, seit ich meinen Entschluß gefaßt habe, weiß ich es, daß ich ihn liebte. Ich liebte ihn, so wie er zum ersten Mal unser Haus betrat. Das Gefühl ängstigte mich eben, und ich wollte ihn dafür bestrafen, daß er mich mir selbst entwendet, daß er mich den Gefühlen untreu gemacht hatte, die ich für meine besten hielt. Wie gerührt war ich oft in der Einsamkeit, wenn ich mich seiner Blicke, seiner schönen Worte, seines tiefen Gefühls und seiner Schüchternheit erinnerte. Ich nahm mir vor, milder zu seyn; so wie ich aber seiner ansichtig wurde, gewann mein wilder Sinn wieder die Oberhand. Ja, es stachelte ein Etwas, eine Bosheit in meinem Herzen, daß ich nicht ruhen konnte, bis ich ihn recht grausam gemißhandelt hatte. Geweint habe ich einige Mal des Nachts über meine eigne Schlechtigkeit. Sagen Sie ihm das Alles, lieber Vater, denn noch kann ich es ihm selbst nicht entdecken, so sehr auch mein ganzes Herz umgewendet ist. Nur wird er, wenn wir verbunden sind, nicht meine Freude an meiner Beschäftigung stören, er wird mich nicht nach den großen Städten und in das Geschwätz der Weiber hineinschleppen. Wir werden gemeinschaftlich die Bücher lesen, die ich liebe, wie er bis jetzt that, und ich werde gewiß von ihm die Poesie lieben lernen. Neulich lauschte ich im Nebenzimmer, als er Ihnen mit seiner vollen, schönen Stimme die rührende Ballade vorsang. Alles erzählen Sie ihm, Liebster, und bitten Sie ihn, daß er allen Zorn gegen mich fahren lasse und mir die Qualen vergebe, die ich ihm zufügte.

Wie erstaunte Lord Falmouth, als ihm diese Botschaft wurde, wie entzückt war er, daß ihm dieses unvermuthete Glück werden sollte. Er ging mit dem Vater zu ihr hinüber. Sie trat ihm heiter entgegen, der Vater legte ihre Hände in einander und sie umarmte den Geliebten zuerst freiwillig und drückte, das Antlitz ganz Röthe, zuerst den Kuß auf den theuren Mund, der sie so schweigsam geschont.

Sie wurden das glücklichste Paar in der Provinz und sahen schöne Kinder und wohlgebildete Enkel in einem langen, stets heitern Leben.

Nach einer kleinen Pause rief die Dichterin: Unnatürlich! der ganze Charakter des Frauenzimmers ist nur Chimäre! Ich glaube doch auch das Geschlecht zu kennen, aber eine solche Person wird niemals in der Natur gefunden werden. Und dazu finde ich die Geschichte selbst ungeziemlich, und mich wundert nur, wie sie uns Herr Mansfeld hat vortragen können.

Der alte träge Schwieger seufzte und erwiederte: ich nehme am meisten daran Theil, daß die gute Person in acht langen Tagen fast gar nichts gegessen hat, da kann ich mich am besten hineindenken, denn mich fängt auch an zu hungern, und noch werde ich hier auch nicht die kleinste Anstalt gewahr, diesem Uebelstand abzuhelfen.

Mansfeld sagte, die Blätter einwickelnd: ich kann mir diesen weiblichen Charakter sehr gut vorstellen und glaube auch an die Geschichte, als eine wahre. Aber schlimm ist es freilich, daß sich von unsern Freunden, die wir hier erwarten, noch gar Nichts bemerken läßt, denn außer dem Hunger und Durst, die wir erleiden müssen, ist, so fürchte ich, ein Gewitter im Anzüge. Die schwüle Hitze war fast unerträglich, jetzt ziehn elektrische Wolken auf und ein plötzlicher Wind weht stoßweise über das Feld, und treibt den Staub vor sich hin.

O weh! weh! wenn Sie wahr gesagt hatten, rief die Dichterin; ein Gewitter hier im Freien! Ich ängstige mich vor allen Gewittern, dazu, wenn Regen einbrechen sollte, würden meine Manuskripte verderben und auch mein Anzug, der sehr dünn und leicht und nur für die größte Sommerhitze eingerichtet ist.

Ich fürchte, fuhr Mansfeld fort, unser guter Freimund hat in seiner Zerstreuung es wieder einmal ganz vergessen, daß er uns hieher beordert hat, daß er ein Fest der Verlobung feiern will, daß er eine Tochter zur Verzweiflung bringt und uns hier in der Einsamkeit, wo in einer Meile kein Wirthshaus und Dorf, und kein Mensch zu errufen ist, den Elementen Preis giebt, daß wir hier in der Wildniß, so wie der ausgestoßene Lear, nach Herzenslust herumrasen können.

Himmel! rief die Sängerin, es fallen schon Tropfen! Es wird plötzlich kühl, der Wind weht stärker, das Gewitter kommt aus der Ebene herüber. Kann denn ein Mensch so abscheulich zerstreut seyn?

O dieser, antwortete Schwieger, sich verdrüßlich in der Landschaft umsehend, hat wohl schon andre, noch ärgere Dinge möglich
gemacht. Aber in der That, es ist außer allem Spaß. Die Bäume hier
werden uns vor Sturm und Gewitter nur wenig schützen können,
auch muß man daran denken, daß es in diese am ersten einzuschla-
gen pflegt.

Jetzt erhob sich ein Sturm, die Bäume brauseten heftig, es wurde
finster und große Tropfen fielen dicht und dichter, nur in Pausen
vom Sturme wieder hinweg geweht. Das Haus ist verschlossen, die
Grotte dort schützt uns nicht, aber hier im Kirschbaum werde ich
eine Leiter gewahr, rief der junge Mann.

Mansfeld hob sie aus dem Baum und setzte sie an das Haus. Ich
steige, rief er aus, auf den kleinen Balkon, vielleicht ist die Glasthür
offen, so kann ich entweder von innen das Haus eröffnen, oder Ihr
müßt mir nachklettern, und wir sind wenigstens gegen die Anfälle
des Sturmes geschützt Er kletterte hinauf, ohngeachtet der Einwendungen, die die Dichterin erhob, Schwieger hielt ihm die Leiter. O
weh! rief Mansfeld, als er oben auf dem kleinen und engen Altan
eingepreßt stand, die Glasthüren sind nicht nur verschlossen, sondern sogar von innen die Laden vor, die gewiß auch verriegelt sind.

Unglück über Unglück! schrie der erzürnte Schwieger, ich bin
schon ganz naß! – Und ich erst, seufzte die Sängerin, halb weinend;
zu einfachen, vernünftigen Einrichtungen sollten doch die prosaischen Menschen wenigstens brauchbar seyn.

Hilft nichts! rief Schwieger, ich steige auch hinauf, halten Sie mir
nur die Leiter, poetisches Kind, oben schlagen wir die Glasthür ein,
und brechen die Laden in Stücken, daß wir wenigstens dort gegen
das Ungewitter unterducken können.

Ein heftiger Donnerschlag krachte jetzt so gewaltig, zugleich mit
dem blendenden Blitze, daß das Haus in seinen Fundamenten zu
erschüttern schien. Schwieger setzte den Fuß, der schon auf der
Leiter stand, erschreckt wieder auf die Erde, die Dame sank fast vor
Entsetzen zu Boden und Mansfeld schien im Begriff, wieder herun-
terzusteigen, weil er in der ersten Betäubung wohl glauben mochte,
der Blitz habe in das Haus geschlagen. Bleibt oben! rief Schwieger,
als er sich wieder gesammelt hatte; da der Donner nicht das Haus
eröffnet hat, so klettre ich hinauf, und wir schlagen lieber das ganze

Zauberschloß zu Trümmern, als daß wir hier im Freien in dieser Sündfluth ersaufen. Halten Sie die Leiter, vortreffliche Freundin, damit ich nicht den Hals breche, und Sie mir dann nachsteigen können.

Die Freundin hatte vor Angst keine Sprache mehr. Schwieger war schon mit den Füßen auf dem zweiten Tritt, als sich hinter ihm ein lautes Fluchen erhob, und er zugleich einen so heftigen Schlag auf den Rücken empfand, daß er von der Leiter nieder auf den Boden hinstürzte.

Halt! halt! Donnerwetter! Spitzbuben! schrie der taube, alte Gärtner, indem er die Leiter wegriß und hinwarf: – komm, Kerl, rief er noch lauter, und ein Knecht trat hinzu, – den saubern Herrn da in den Stall eingesperrt, das Mamsellchen hier neben an; das ist eine schöne Wirthschaft! der dritte Patron kann da oben bleiben, den haben wir sicher genug.

Es half kein Widersprechen, kein Entgegenschreien von allen Seiten, der Alte war taub und nahm keine Vernunft an, der Knecht verstand nicht, wovon die Rede war, er war nur Zeuge des Einbruchs gewesen, dazu rauschte der Platzregen so gewaltig, der Donner brüllte so furchtbar, ein Hagelschlag fiel prasselnd nieder, so daß für Verständigung, Erörterung und seines Unterscheiden zwischen Einbruch und Einsteigen in das Haus eines Bekannten kein Raum und keine Zeit, noch weniger Begreifen sich fand. Als der taube Alte, wie er überzeugt war, seine Pflicht gethan hatte, sendete er den Knecht nach dem Dorfe hinab, um Polizei, Soldaten, oder die Bauerngerichte herbeizurufen und jene räuberischen Verbrecher der Gerechtigkeit zu überliefern. Wie er Alles vollbracht hatte, begab er sich in sein Häuschen, schloß sich ein und nahm ein Gebetbuch, um mit lauter Stimme ein Lied bei Gefahr des Gewitters abzusingen.

Als Schwieger sich besonnen hatte, betrachtete er den finstern Stall, so viel er es vermochte, und kletterte dann auf einige Balken, um aus einer kleinen Maueröffnung herauszuschauen. Ihm fast gegenüber stand Mansfeld, an das eiserne Geländer des Balkons geklemmt, von Regen und Sturm gegeißelt. Im kleinen Gemach, wo Brennholz aufbewahrt wurde, schaute sich die Sängerin ebenfalls um, und konnte eben ein kleines Gitter oder Sparrwerk erreichen, von wo sie von der andern Seite den bedrängten Mansfeld auf seiner Worte beobachten konnte.

Sapperment! rief Schwieger verdrüßlich: das ist eine schöne Invitation! Mansfeld! hat Sie der Teufel noch nicht geholt?

Noch nicht! erwiederte der junge Mann kläglich; aber die Sache wird und muß bald vor sich gehn.

O meine Herren, wimmerte die Dichterin, das gemahnt mich an die furchtbare Hochzeit der Nibelungen.

Sind Sie auch da? rief Schwieger von der Seite; Sie wollten ja die Wunder des Zauberschlosses kennen lernen: nun haben wir deren überlei!

So standen die betrübten Gesichter sich im Dreieck gegenüber, einander Leidensmienen zusendend, seufzend und laut klagend. Ich stehe hier, rief Mansfeld, halb lachend, halb verzweifelnd, noch unter einer verruchten Dachtraufe, die von oben aus einem Drachenhalse die Fluthen auf mich herabgießt. So weit ist noch nicht einmal die Kultur und Baukunst an dieses Zaubernest gedrungen, daß die Röhren an den Seiten den Platzregen hinabführen.

Sehen Sie denn Nichts, rief Schwieger hinauf, von unserm verwünschten Freunde?

Nein, rief Mansfeld zurück, er sitzt ruhig und sicher daheim in seiner angenehmen Stube. Wie der Knecht, der dem gefallnen Selbitz vom Thurm zuschreit, wie Pindarus vom Hügel dem verzweifelnden Cassius, wie die Schwester Anna, die nach den rettenden Brüdern ausschaut, so bin ich hier angepflöckt; rechts, links, von oben und von unten vom Regen umgeben, und nicht einmal Staub sehe ich aufsteigen, keine Heerde Schaafe, denn alle Wege schwimmen und alle vernünftige und unvernünftige Thiere sind unter Dach und Fach gekrochen.

O machen Sie keine Scherze! winselte und krächzte die Dichterin aus ihrem Gitter; denn wir sind ja in einer mehr als erbärmlichen Lage.

Die Desperation spricht ja nur aus mir! rief Mansfeld; was, in des Satans Namen, bleibt uns denn noch übrig, als die Zähne auf einander zu beißen und lustig zu seyn?

Ich könnte den alten Freimund, den Hasenfuß, erwürgen, wenn ich ihn hier hätte! rief Schwieger in wilder Bosheit.

Ja, antwortete Mansfeld, wenn der Sünder nur hier wäre, er sollte gewiß auch gewahr werden, was Ungewitter und Dachtraufen zu bedeuten haben! Aber, wie könnt Ihr da unten, Ihr sicher Geborgenen, nur die Frechheit haben, Euch zu beklagen, da ich eigentlich, so blank und baar hingestellt, für Euch Alle büße?

Schweigt, rief Schwieger, Ihr könnt doch noch Euer Elend sehn und nach Hülfe ausschaun; aber hier, der verfluchte, finstre Stall, dies feuchte Loch!

Und ich! wimmerte die Dichterin; Alles voll nassen Holzes hier, dumpfes Stroh und Hexel, oder was es seyn mag!

O Sie Allerglückseligste! rief Mansfeld hinunter; hätte ich nur nicht schon Halsschmerzen, so würde ich in lauten Tönen Ihr Glück besingen. Ich aber, der ich hier kaum stehen kann, viel weniger sitzen oder gar liegen! Schutt, Scherben, feuchte Erde, um mich nur, ohne von oben überschwemmt zu werden, ausstrecken zu können, wäre ja Wonne für mich. Und umschauen? Wie lange noch? Bald bricht die Nacht herein. Unser einziger Trost ist die Wache oder Polizei, die uns einstecken soll. O welche himmlische Freude, in einem Gefängniß zu sitzen! Giebt es nächst dem Olymp eine Seligkeit wie diese?

Aber Keiner, schrie Schwieger wild, hat Prügel bekommen, außer ich! Und welchen Schlag! So wie ihn etwa die alten Riesen mögen ausgetheilt haben! Himmelkreuzdon –

Schweigt! rief Mansfeld; es donnert ohne Euch schon genug. Ihr seid noch gar nicht zahm gemacht, nach drei Stunden werdet Ihr schon sanftere Arien singen. So gegen Sonnenaufgang wird aus dem Löwen wohl schon ein Lamm geworden seyn.

Das Unglück, klagte die Sängerin, das uns so unvermuthet überfallen hat, ist von so gemeiner Art, und trägt auch nicht eine Spur des Poetischen in sich.

Wie man's nimmt, antwortete Mansfeld; es kommt nur darauf an, wie man es genießt. Trocken und prosaisch ist es wahrlich nicht, aber höchst nüchtern: Ihr Delphin hat Sie doch wenigstens, den weiblichen Arion, aus den Fluthen hier außen ans Land geschafft.

Die Zähne klappern mir vor Frost, sagte die Dame.

Könnte man ihnen wenigstens was unterlegen, rief Schwieger, worauf sie tanzen, drücken und knarren könnten, und hätte uns der ungeschlachte Schuft nur wenigstens eine trockne Brodrinde mit hereingeworfen.

Ja, ja, sagte Mansfeld, ein Riese, ein Zauberschloß, Ihr dort in Ketten und Banden, ich auf diese schwindelnde Höhe hinaufgehext, wir alle Drei winselnd, fluchend, auf das Schicksal scheltend, auf unwahrscheinliche Hülfe hoffend, nach den Sternen seufzend, die diese Nacht wohl nicht scheinen werden.

Regnet es noch immer eben so stark, Ihr Hans Dampf von Windbeutel dort oben? schrie Schwieger.

Diese einzige Frage, antwortete Mansfeld, spricht Euer ganzes Glück und Eure ungeheuere Undankbarkeit aus. Wer so fragen kann, der sitzt ja in Abrahams Schooß. Aber so sehr ich der Verdammte bin, so muß ich doch der Wahrheit die Ehre geben und aussagen, daß der höllische Drache über mir schon gelinder und gelinder auf mich herniederspeit; heller wird die Finsterniß eben nicht, aber dünner: der Regen ist freilich noch eben so naß, aber etwas weniger wäßrig, man kann ihn nun doch schon mit Händen greifen, da er vor kurzem noch in Katarakten arbeitete. Ich werde als Wetterbeobachter ganz verdorben seyn; denn Ihr wißt, der Kapuziner, den man so für die Kinder kauft, kommt nur beim Sonnenschein heraus; mich und Euch werden sie aber mit Sonnenaufgang gerade ins Prison stecken.

Dummer Witz! rief Schwieger.

Begebt Euch einmal, antwortete Mansfeld, auf meinen Posten hierher und spielt und macht bessern, ich will Euch dann gern aus Euerm Souffleurloch da unten zuhören. – Halt! halt! ich sehe einen Wagen da unten, noch ziemlich weit: Ja, das müssen unsere göttlichen Freunde, der liebevolle Freimund muß es seyn.

Sollt' es möglich werden? rief Schwieger hoch erfreut.

Wenn es nur kein melancholischer Engländer ist, fuhr Mansfeld fort, der seine große Reise durch Europa macht und von Wind und Wetter keine Notiz nimmt. – Nein! nein! es sind keine Menschen oben auf dem Wagen: es scheint mir die Chaise unseres Freundes, und die neuen beiden muthigen Renner sind vorgespannt. Unsere Erlösung naht mit schnellen Schritten!

Schon kam der Wagen näher; er bog wirklich von der Landstraße ab und fuhr langsam den Hügel hinauf. Die muntern Pferde schnaubten, indem sie zur ziemlich steilen Anhöhe empor arbeiteten. Jetzt stand der Wagen oben, der alte Sebastian hielt, und Mansfeld schrie von seinem Balkon hinunter, so laut er es vermochte. Was giebt's denn da? fragte Freimund, indem er den Kopf aus dem Wagen in den Regen hinaussteckte, denn noch immer hielt der Regen an, wenn auch nicht mehr mit dem früheren Ungestüm Himmel! rief Mansfeld: will mich denn kein Mensch hier von meinem Pathmos oder Pontus herunternehmen, wo ich so viele klägliche Elegien habe singen müssen? Wie Simeon Stylites habe ich hier auf einem Beine, oder wie ein Storch auf seinem Neste stehen müssen.

Die Gesellschaft mußte im Regen aussteigen, weil der taube Alte sich nicht sehen ließ, um den Schuppen aufzuschließen. Freimund eilte, um nur mit dem Hausschlüssel das Zauberschloß zu öffnen. Im untern Saal fand er die Zimmerschlüssel, so wie jenen zum Balkon. Er eilte die Wendeltreppe hinauf, öffnete den obern Saal und dort die Thüre nach dem kleinen Altan, um nur den armen Märtyrer zuerst von seiner Qual zu erlösen. Dann wurde der taube Alte in seinem Häuschen aufgesucht; man schrie, lärmte und tobte so lange, bis er die Sache halb begriff und die Eingesperrten, so wie die neue Herrschaft, die er kaum noch kannte, um Vergebung bat.

Man hatte sich endlich im obern Saale versammelt; man saß, klagte, erzählte. Freimund hatte allerdings die ganze Abrede vergessen, erst spät war es ihm beigefallen, daß die Verlobung am heutigen Abend seyn sollte. Man war ausgefahren, aber Sturm und Gewitter hatten die Reisenden gezwungen, in einem Dorfe unterwegs zu rasten, um die Hefe des Wetters erst vorüber zu lassen. Das Nöthigste war, die so ganz Durchnäßten durch trockne Kleider und Wäsche zu erleichtern. Aber hier war guter Rath und Hülfe im eigentlichen Sinne theuer, denn da man bei heißem Wetter ausgefahren war, so hatte man nur einige Ueberröcke für die Rückkehr in der Nacht mitgenommen. Aus der Noth mußte, wie so oft, eine Tugend gemacht werden. Louise half im Nebenzimmer der Dichterin, deren Schmetterlingsflügel am meisten gelitten hatten, und die, vom Regen aufgeweicht, in ihren Hüllen fast durchsichtiger, als eine Ballettänzerin erschien. Sie kam in einem ganz zugeknöpften tuchenen Ueberröcke zurück. Schwieger zog einen Rockelor Freimunds an, und Mansfeld mußte einen Reisecapot der Mutter überwerfen.

Der Küchenwagen, der schon am frühesten Morgen hätte ausreisen sollen, war auch erst nach Mittage ausgesandt worden; als sich daher, da man etwas besser im Trocknen saß, nach der Anstrengung und dem schlechten Wetter die Begierde nach Speise und Trank meldete, wußte man sich noch weniger zu rathen. Mansfeld nahm von Zeit zu Zeit seinen vorigen Platz auf dem Wartthurme draußen wieder ein, konnte aber mit seinen scharfen Augen Nichts entdecken, um so weniger, da die Dämmerung anfing, die, bei dem schwarz bedeckten Himmel, bald zur Finsterniß zu werden drohte. Die Dichterin hatte ihre Papiere indessen auf den Lehnen der Stühle ausgebreitet, allein, als man die Manuscripte näher besichtigte, war Alles erloschen. Ja wohl, sagte Mansfeld, ist die schöne, feurige Poesie, der ganze Glückwunsch für Fräulein Louise, Amor und Hymen, Tanz und Brautfackel, Alles zu Wasser geworden; eine Novelle, die ich bei mir hatte, die wir lasen, die aber unsere Sappho für unanständig erklärte, ist ebenfalls mit ihren Sündern und Sünderinnen von dieser Sündfluth verschlungen worden. Und so naß es auch hergegangen ist, so sitzen wir dennoch nun völlig auf dem Trocknen, und haben Nichts zu beißen und zu brechen. Soll man ein Omen für die Vermählung daraus ziehn?

Louise sah ihn mit einem sehnsüchtigen, bittenden Blick an, als wenn dieses Unwetter mit seinen Unfällen Trost bringen könne, als wenn wirklich Sturm und Regen und die lächerliche Noth der Anwesenden jene Verlobung, vor welcher sie zitterte, rückgängig machen würde.

Die Unbehaglichkeit der bleichen, gelangweilten Gäste stieg immer höher, denn auch den jungen Mansfeld schien seine erzwungene Laune zu verlassen. Da es in der That finster wurde, mußte man an Licht denken, und weil die Wachskerzen sich ebenfalls auf dem ausbleibenden Küchenwagen befanden, so konnte man sich fürs erste nicht anders helfen, als die kleine Oellampe des tauben Gärwers anzuzünden, deren trüber Schein wenigstens zeigte, wie finster die Dämmerung des Saals war. Da man einmal angefangen hatte, sich genügsam einzurichten, so trieb die Noth bald zu dem Entschluß, noch mehr vom Haushalt des tauben Alten zu benutzen. Er war selbst aber nicht eingerichtet, und hatte auf die Ankunft, auf den Gehalt seiner neuen Herrschaft gewartet; er hatte darum weder Federvieh, noch geräuchertes und gepökeltes Fleisch herbeigeschafft; er lebte, so viel er konnte, bei seiner Tochter im Dorfe, das eine Stunde und mehr entfernt war. Man fand daher weder Schinken, noch Eier, Gemüse wurde im Garten noch nicht gebaut; auch hatte der Alte keine Butter in seinem Hause, das Obst war noch nicht reif, hätte auch wohl bei dem feuchten, erkältenden Wetter zu keiner sonderlichen Erquickung gereicht. Man war daher froh, als man im Schatz der Gärtnerhütte noch einige Kartoffeln vom vorigen Jahre fand; diese wurden schnell auf dem Heerde gesotten, oder gebraten und mit schwarzem Brodte vorgesetzt, zu welchen Gerichten das Salz die einzige Würze ausmachte.

So beim kärglichen Mahle sitzend, welches sich keiner am Mittage als Erquickung hatte denken können, um die dämmernde Lampe im Saale, in dem mehr große Schlagschatten, als Menschen zu seyn schienen, ward die Gesellschaft noch durch einen jungen Vetter vermehrt, der ohngeachtet des schlechten Wetters auf seinem Engländer herausgeritten war, um die Gesellschaft zu überraschen und am Fest und Schmause Theil zu nehmen.

Man erkannte sich etwas mühsam und Mansfeld sagte: Treten Sie heran, junger Herr und Freund, und helfen Sie uns auch feierlichst den Ankauf dieses wunderbaren Zauberschlosses begehn. Wie unpassend, fast gemein wäre die Sache, mit Wein, Torten, Pasteten, Ueppigkeit und Champagner die Besitzergreifung eines Feen- und Geisterreiches zu feiern, das thut jeder Wirth, der an seiner Kneipe den goldnen Esel oder Löwen neu hat überfirnissen lassen. Diese Schmausereien, das Gläseranklingen, diese Toasts und Trinksprüche, Thränen der Rührung und Glückwünsche, Umarmungen und Lippendrücken und Wangen mit den Lippen streicheln, alles dieses, meine Freunde, ist längst bei hunderttausend patriotischen Veran-

lassungen, bei Jubelgreisen und Ordensfabricationen, bei wohlthä-
tigen Zwecken und silbernen Hochzeiten, bei Confirmationen,
Hauskränzungen so genutzt, abgenutzt und vernutzt worden, daß
kein Bauverständiger mehr aus diesem Schutt das edle Gebäude
einer ächten Feierlichkeit aufführen mag. – Recht so, junger Ein-
weihling, setzen Sie sich so, daß wenigstens die Spitze Ihrer Nase
etwas von diesem Oelschimmer, um nicht das unanständige Wort
Thranlampe zu gebrauchen, auffängt. – Sie sehn selbst, wie wenig
man hier sieht, in diesem Reich der Schatten und der Unformen, in
welchem alle unsere noch so trefflichen Formen verwandelt und
entstellt werden. – Die hohe, eleusinische Weisheit unseres edeln
Wirthes und Mystagogen hat uns dieses schauerliche, unterirdische
Fest bereitet, hier in grauenhafter Dunkelheit, von Geistern, wir
selbst Geist und Gespenst, magisch umgeben, die erste große mysti-
sche Zusammenkunft der privilegirten Zauberer, Magier, Hexen,
Hexenmeister und Zauberinnen. – Ja, theurer, einzuweihender
Jüngling, in den Ersten Grad, – denn ein einzuweichender und ein-
geweichter, platzregendurchgossener, sturmdurchwühlter, ärger als
jemals Tamino es seyn konnte, sind Sie immer noch nicht, und werden auch zu diesem Ausschuß ausbündiger Mysterien, wie wir Drei
hier sie heut überstanden, vielleicht nicht zugelassen werden, und
auch wohl den großen Schlag als Tempelritter niemals empfangen,
der unserem edelsten Schwieger heut zu Theil geworden – ja, um in
meiner Rede fortzufahren – nehmen Sie, fassen Sie eine dieser mys-
tischen, symbolischen Früchte, vom gemeinen Mann Kartoffel genannt, die unterirdisch reift, von keinem Lichte geküßt, das ächte
Symbol dunkler Geheimnisse, der ächten englischen Maurerei, in
der höhern Sprache Pataten, Patatoes genannt – nehmen Sie die
überjährigen, hie und da schon auswachsenden und geheimnißvolle
Warzen treibenden – brechen Sie die grüngrauen Knospen ab, lösen
Sie die schwarze Hülle des todten Buchstabens, daß Ihnen der lichte, weiße, nährende Geist appetitlich entgegen schimmere. Nicht
wahr, wie leicht wird die Hülle abgestreift? Wie bald dringen wir
zur Wahrheit hindurch? – Aber, halt, mäßigen Sie sich – fahren Sie
bei dem allgemeinen Mangel nicht so in das wenige aufgespeicherte
Salz, in den Witz hinein, begnügen Sie sich, wie wir Aelteren alle
hier, mit gezählten Körnern. Trinken Sie nun, wir haben es selbst
dem Brunnen entschöpft, das klare, ungefälschte Wasser. Der alte
Cyclop dort, das Symbol der rohen Natur, ja der bösen Kräfte, woll-

te uns seinen Branntwein anbieten, den wir Alle verschmähten. – Die Weihe ist vollbracht! Aufgezehrt ist Alles. So das Bild des goldnen Zeitalters wieder herstellend, wünschen wir uns Alle Glück, daß der Himmel es uns vergönnt hat, jenen immerdar beneideten Stand der Unschuld einmal persönlich zu erleben. Unser Großmeister, Schwieger, scharrt noch die Krumen des Brodtes zusammen, Sappho lächelt uns an, die Braut denkt unsrer ernsten Symbolik nach, die Mutter betrachtet mich mißtrauisch, der hohe Freimund verliert sich, wie so oft, in Gedanken und der neu eingeweihte Jüngling ist begeistert und hoher, tugendhafter Entschlüsse voll.

Das Letzte wird auch nöthig seyn, sagte Freimund. Unser Küchenwagen kommt wahrscheinlich gar nicht, oder zu spät, wir haben auf eine schöne Sommernacht gerechnet, in welcher spät, oder selbst mit der Frühe, einige dieser Herren zu Fuß oder auf einem Schiff zurück nach der Stadt gelangten; der Sturm, der Regen ist da, das Schiff ist also fort, zurückgehn ist unmöglich, unsre Chaise zu klein. Mein Bastian ist dumm, er taugt zu keinem solchen Auftrage, ich muß also den Vetter bitten, einen Wagen, sei er auch, wie er sei, aus dem Dorfe zu holen, damit unser Schwieger und Herr Mansfeld zurückfahren, denn wir können in unserm Wagen nur noch einen, vielleicht die Madame zurücknehmen, die so gütig hat seyn wollen, das heutige Fest im Voraus zu besingen.

Der junge Vetter verbeugte sich und ließ sich sein Pferd wieder vorführen. Herr von Dobern wird heut gewiß gar nicht kommen, fuhr der Vater fort; auch kann ich mich wirklich nicht entsinnen, ob ich ihm den Tag oder Abend bestimmt habe, denn ich hatte so viel andere und wichtige Geschäfte zu besorgen, daß diese Nebensachen meinem Gedächtnisse völlig entwichen sind.

Ei, freilich! sagte Schwieger, wer kann an Alles denken; gab es doch einmal einen Raufer, der so zu einem Duell eilte, daß er in der Zerstreuung sein Bein zu Hause ließ.

Wie denn das? fragte Freimund nachdenkend.

Es war sein hölzernes, antwortete Schwieger, welches er wirklich vergaß, und wie er an Ort und Stelle kam, mußten ihm die Secundanten erst einen Baumzweig unterbinden, damit er seine Stellung mit Festigkeit einnehmen konnte.

Duell? Gevatter! sagte Freimund wieder – mir däucht, als Student habe ich auf der Universität auch einmal ein Duell ausgesogen.

Du? lieber Mann, fragte die Gattin mit dem Ausdruck des größten Erstaunens.

Freilich ist es so! antwortete Schwieger, und wir können uns die Sache wohl bei dieser traulichen Nachtlampe erzählen. Doch, da fällt mir zuvor noch eine andere sonderbare Geschichte ein, die ich berichten will. Hast Du wohl schon je, lieber Gevatter, einen recht zerstreuten Menschen gekannt?

Ich denke nicht, sagte Freimund, und kann mich eben keines recht auffallenden Exemplars erinnern. Doch, mir fällt bei. Du selbst, lieber Freund, hast mehr wie einmal zu seltsamen Dingen durch Deine Abwesenheit Veranlassung gegeben.

Kann wohl seyn! erwiederte Schwieger trocken; meine Abwesenheit zum Beispiel, als ich zum Assessor examinirt werden sollte, es vergessen hatte und verreiset war, und die Herrn Examinatoren lange vergeblich warteten, und ich nachher alle Hände voll zu thun hatte, daß die Männer sich nur wieder mit mir einließen.

Das ist Dir begegnet? fragte Freimund erstaunt; sieh, ich habe immer geglaubt, das sei mir selbst zugestoßen. Du hast mir aber die Sache vielleicht so oft erzählt, daß ich uns beide verwechselt habe.

Kann wohl seyn! sagte Schwieger mit boshaftem Lächeln, indem er die Uebrigen, so viel es die Lampe zuließ, bedeutend ansah. Um aber die Dämmerung zu überwinden, machte er eine solche Fratze, daß Alle über ihn lachen mußten.

Nun, Deine Geschichte? fragte Freimund.

Ja, fuhr Schwieger fort, die ziemlich seltsame Geschichte ereignete sich folgendermaßen: Ich war auf der Universität, und wie man denn in den Jahren Gelüste hat, so kam mir plötzlich das, auch Spanisch zu lernen. Das war damals noch ein seltener Fall, es war sogar nicht leicht, einen Lehrer zu aufzufinden. Ein alter trefflicher Mann, der fast alle Sprachen inne hatte, gab sich endlich dazu her, vorausgesetzt, daß noch einige meine Lust theilen und mit mir gemeinsam die Stunde nehmen wollten. Ein Theologe, ein junger Edelmann und ein Jurist, ein vorzüglicher Kopf, vereinigten sich, mir lernen zu helfen. Der Theologe war ein junger gesetzter Mann, der in seinen Studien hie und da aus der spanischen Literatur etwas Neues zu erfahren hoffte; der Edelmann, welcher nach Abgang von der hohen Schule seine militairische Laufbahn beginnen wollte, war etwas heftig, sogar jähzornig, sonst aber heiter und aufgeweckt, bis zum Uebermuth. Nun, ich war denn ich. Der vorzüglichste und hellste Kopf von uns Allen war aber ohne Zweifel der junge Jurist, ein ernsthafter Jüngling, der immerdar seinen Studien oblag und an dem vielleicht gar Nichts wäre auszusetzen gewesen, wenn er nicht manchmal an Zerstreutheit und Abwesenheit gelitten hätte. Der schönste Mann in unserm kleinen Zirkel war der Kavalier, schlank, feurigen Auges, edler Physiognomie: um so auffallender stach aus dem reinen weißen Antlitz, auf der Nase selbst, ein ziemlich großer und recht brauner Leberfleck hervor.

War dies eine auffallende Eigenthümlichkeit im Aeußern des Edelmanns, so hatte jener treffliche, gelehrte Jurist eine seltsame Gewohnheit, die uns Alle, die wir ihn näher kannten, dahin stimmte, ihm ungern Bücher zu leihen. Denn im Studiren konnte er es nicht unterlassen, jeden Strohfleck im Papiere, jede kleine Erhebung in demselben mit dem Nagel herauszukratzen. Da es nun nicht unbekannt ist, daß unsre deutschen Papiere an diesen Dingen, die wirklich, streng genommen, nicht zum eigentlichen Papiere gehören, einen großen Ueberfluß haben, so mangelte es dem jungen Juristen niemals während der geistigen auch an Handarbeit, und er war so unermüdet, selbst leidenschaftlich, daß viele Bücher, die er studirt hatte, voller Löcher waren, in welche auf der einen oder der andern Seite wohl einige schuldlose Buchstaben mit gestürzt wurden.

Mutter und Tochter sahen den Vater an, an welchem sie dieselbe Eigenheit kannten.

In unsern Lehrstunden, fuhr Schwieger fort, lasen wir, als wir etwas vorgeschritten waren, Cervantes Novellen, die uns der Professor vortrefflich erklärte. Es fehlte aber an Exemplaren, und der Theologe und ich arbeiteten in dem einen, der Edelmann und Jurist im zweiten; der Professor war seiner Sache so gewiß, daß er kein Buch nöthig hatte. An dem alten, seltnen Exemplar, in welches der Jurist mit hineinsah, hatte dieser schon manche Unebenheit mit seinem kritischen, fein fühlenden Nagel geebnet, manche Faser, kleines Hexel, oder was es war, künstlich aus dem saubern Text herausgearbeitet. Wer sich dieser Uebung hingeben will, hat bei der spanischen Literatur, die neuen Bücher abgerechnet, alle Nägel voll zu thun. An einem Tage machte ich aber die Entdeckung, daß mein juristischer Mitstudent in seiner Zerstreutheit auch andern Unebenheiten jenseit des papiernen Reiches den Krieg erklärte und ihnen abhelfen wollte. Indem er neben dem Edelmann in das Buch sah, kamen die Nasen der Speculirenden einander ziemlich nahe; sahe der Jurist nun an jenem den Leberfleck zum ersten Male, oder brachte dieser tiefer, als sonst, die Nase in das Buch, kurz, der zerstreute und doch tiefsinnige Jurist, Buch und Nase an jenem unseligen Tage verwechselnd, erhob den feinen und zu dergleichen Aetzarbeit geübten Finger und kratzte und arbeitete an dem Leberfleck jener Nase erst fein und leise, im mäßigen Tempo, dann eifriger und schneller, erst in der prickelnden, dann in der schabenden Manier, so daß ich, der ich gegenüber mit Sicherheit den Gang der Radirnadel beobachten konnte, besorgt seyn mußte, daß in der Länge, wenn auch der Leberfleck sich vertilgen ließe, die Nase selbst, der Grund und Boden, auf welchem jener wuchs, bedeutenden Schaden leiden möchte. –

Ich weiß nicht, sagte Freimund, wo ich die einfältige Geschichte schon sonst muß gehört haben; denn sie ist mir nicht unbekannt. –

– Der Edelmann, fuhr Schwieger fort, schien anfangs erstaunt, bewegte sich nicht und ließ den Arbeiter gewähren, vielleicht neugierig, was sich aus dieser Unternehmung ergeben solle. Endlich aber doch erhob er das Gesicht zusammt der Nase aus dem Buche, sah den Kratzenden groß an und that die billige Frage: Warum, Herr, oder aus welcher Absicht kratzen Sie mir an der Nase?

Ich? erwiederte der Jurist erstaunt; daß ich nicht wüßte.

Ja, mein guter Herr, wenn Sie es also noch nicht wissen, so erfahren Sie denn, daß dieses hier bis jetzt meine wahre, eigenthümliche Nase gewesen ist und auch in Zukunft bleiben soll.

Ich war der Meinung, sagte der Jurist, der Fleck dort sei nur hier im Buche.

Ich bitte mir aber zu glauben, sagte der Edelmann schon heftiger, daß er wirklich auf meiner Nase ist, und wenn Sie mir nicht glauben wollen, so können es diese Herren, so wie der Herr Professor selbst bezeugen.

Der Professor, der sehr kurzsichtig war, hatte von jenem Nasenanfalle Nichts bemerkt, und da die Stunde überdies geendigt war, verließen wir das Haus.

Unmöglich, sagte der Edelmann auf der Straße, kann ich glauben, daß Sie, mein Herr, mein Gesicht mit jenem gedruckten Buche haben verwechseln können, Sie haben offenbar Händel an mir gesucht, und ich stehe Ihnen zu Befehl. Der Theolog hatte sich schon entfernt, ich suchte die Sache wieder gut zu machen, aber sie war schon zu weit böse und es konnte ohne Duell nicht abgehen. Das ist Dein Duell, mein werther Freimund, in welchem ich Dein Secundant war. Du und Dein Gegner, ihr wurdet Beide verwundet, bald geheilt und nachher auf lange Zeit die besten Freunde.

Es ist wahr, sagte Freimund, jetzt erinnere ich mich dieser Sache wieder.

Und wer war dieser Gegner? fragte die Mutter.

Wer anders, antwortete Schwieger, als unser General, mit dem jetzt unser Alter schon seit so lange verfeindet lebt. Der Herr trägt immer noch denselben Leberfleck an seiner martialischen Nase, nur daß er in dem braun gewordenen Gesicht nicht mehr so hervorsticht.

So wie Schwieger den General genannt hatte, sprang Freimund auf und stampfte mit den Füßen. Er hatte sich aber mit so weniger Vorsicht erhoben, daß er heftig an den Tisch stieß und die kleine schwach brennende Lampe umwarf. In demselben Augenblick war die Gesellschaft in der dicksten Finsterniß begraben. O weh! jammerte die Dichterin, wie viele Unfälle müssen sich vereinigen, um den heutigen Tag und Abend und die Nacht merkwürdig zu machen!

Ja wohl! sagte Mansfeld, nun wissen wir erst, welchen Schatz wir an unsrer kleinen unscheinbaren Lampe, die allen Glanz verschmähte, besaßen! So geht es immerdar im Leben.

O Kinder, sagte die Mutter, keine Scherze jetzt: laßt uns doch Licht suchen, denn alle Geschichten von dem schlimmen Hause hier fallen mir jetzt ein, und in der Finsterniß kann uns ja was Schreckliches begegnen! O weh! so schrie sie auf, denn der umhertappende Freimund fuhr ihr so eben mit der starken Hand über das Gesicht. Ruhig! sagte der Vater, ich suche den Ausgang.

Mansfeld, der behendeste, hatte die Thür zuerst gefunden. Der alte Gärtner schlief schon seit lange. Als man ihn mit vieler Mühe ermuntert hatte, als er begriff, was man von ihm wolle, gestand er, daß er kein Oel mehr in Vorrath habe, und schlief weiter. Mansfeld tappte zurück. Sind Sie noch Alle hier, und wo? rief er in den Saal hinein.

Hier! hier! riefen die Stimmen zornig oder beklommen durch einander. Himmel! ächzte die Dichterin, das Unwesen heut ist schlimmer, als eine wirkliche Gespenstergeschichte. Man kommt nicht aus dem Grauen und den Schaudern.

Bleiben wir nur wenigstens im Winkel hier stille sitzen, sagte Louise, bis es endlich einmal wieder Tag wird.

Ich schlage vor, sagte Mansfeld, und halte die Arme steilrecht am Leibe hinunter, um keinem von Ihnen ins Gesicht zu schlagen – daß wir uns bei unsrer Noth an den Heerd in die Küche machen, jenes bescheidene Feuer, bei welchem unser sittiges Abendessen gesotten wurde, wieder anzufachen suchen, um wenigstens unterscheiden zu können, in welchem Welttheil wir uns befinden. Von Ländern oder gar Provinzen kann bei dieser finstersten Finsterniß gar nicht die Rede seyn. Nun fragt sich nur, wer von uns getraut sich in diesem uns ganz unbekannten Hause die ehemalige Küche wieder zu entdecken?

Alles schwieg. Wenn man nur nicht, sagte Schwieger verdrüßlich, indem man auf solche Entdeckungen ausgeht, noch Arm und Bein, oder gar den Hals bricht, denn man kann auf Treppen, Stiegen und Stufen gerathen, auf unsichtbare Fallthüren treten, in ungeahndete Kellergeschosse hinunterstürzen und am Ende diese gerühmte Verlobung noch mit einem Leichenmahl beschließen. An diese Weihe des furchtbaren Hauses werde ich gedenken!

So will ich selbst mein Heil oder Unheil versuchen! rief Mansfeld; ich weihe mich den unterirdischen Göttern; gehe ich zu Grunde, Freunde, so setzt dankbar meinen Aschenkrug zu den übrigen Töpfen dieses noch unbekannten Heerdes. Sollte ich, ein zweiter Columbus, glücklich landen, so werde ich aus der Ferne laut schreien, und Ihr könnt alsdann sicher meinem großen Rufe nachfolgen, um Feuer und Licht zu zünden. – Aber noch eins, Herr von Freimund, liegen auch nirgend, wie es bei so einsamen Schlössern wohl manchmal der Fall ist, Fußeisen oder gar Selbstschüsse?

Die Dichterin schrie so laut vor Entsetzen auf, daß die andern Frauen mitschrieen, in der Voraussetzung, es sei ihr eben ein furchtbares Unglück begegnet. Was giebt's? Ums Himmelswillen, was giebt's? riefen die beiden alten Männer aus voller Kehle. Und Mansfeld schrie draußen: Wahrlich! der Schuß ist schon gefallen! Alles lärmte, klagte, fragte, überschrie den andern, und keiner hatte den Muth, von der Stelle zu weichen, um nicht ebenfalls unglücklich zu werden. Endlich benutzte Freimund eine kleine Pause und donnerte: Schweigt! Alles geschwiegen! Frau! bist Du noch da? – Ja! – Ist Dir was begegnet? – Nein. – Dir, Louise? – Nein! – Der Frau Dichterin? – Gottlob, bis jetzt noch nicht, aber – Dir, Freund Schwieger? – Nein, außer daß ich hier bin! – Mansfeld! – Ich stehe hier außen und tappe nach der Küche, und schrie mit, weil ich denken mußte, drinnen habe der Satan Einigen schon den Hals umgedreht, oder eine ganze Räuberbande sei eingebrochen, um Alle zu ermorden.

Nun also, rief Freimund, so dankt Gott, daß Ihr noch Alle lebt, und jetzt bitte ich mir so viel Vernunft aus, was in der That nur wenig ist, daß Alles sich so lange ganz schweigend verhält, stockstill auf seinem Stuhle sitzen bleibt bis unser Küchenentdecker den Heerd gefunden hat, bis ein kleines Flämmchen dort wieder brennt und wir einander wieder ansichtig werden, denn es scheint wirklich, daß der Mensch, wenn er ohne alle Erleuchtung ist, nicht verständig seyn könne.

Noch finde ich nichts Bedeutendes, rief Mansfeld zurück, als einen leeren Raum, der sich fast allenthalben betreffen läßt, wo die übrigen interessanteren Gegenstände ein Ende nehmen. – Hier stoße ich auf eine Wand. Sogar ein Wandschrank scheint sich hier angesiedelt zu haben. – Fensterladen werden es doch nicht seyn! – Schlimm, daß von den vielen Berichterstattern, Reisebeschreibern, keiner einen Guide noch herausgegeben hat, damit ein armer Verirrter sich nach jenem berühmten Küchenheerde hinfinden könnte. – Eine Thür, – nein, ein Fenster! – Was in dem Augenblicke, wie ich es aufmachte, für eine Masse von Dunkelheit hereingequollen ist! – Es war wirklich vorher um ein Weniges heller. – Ich wende mich links. – Richtig, ich bin auf einem Gange, denn gegenüber, wenn ich beide Arme weit ausstrecke und etwas taumle, ist ebenfalls eine Wand. – Halt! hier stoß' ich an etwas. – Ich bücke mich. – Triumph! es ist die kleine irdene Schüssel des tauben Zauberers und Riesen, der jetzt schläft, – in dieser trug er selbst die Kartoffeln herüber. – Wir sind auf dem Wege. – Das giebt uns ähnlichen Muth, wie dem Columbus und seinen Gefährten, als sie schon verzweifeln wollten, jene Landvögel, die sie begrüßten. – Sacht! ich habe einen Topf entzwei getreten. – Das Geschrei der gemordeten Indianer. – O weh! meine Nase ist lädirt! Da kam mir eine Thür, die Dunkelheit benutzend, so schnell entgegen, daß ich unmöglich ausweichen konnte. – Ich klinke auf. – Ich wittre Geruch des Rauches. – Lebt Ihr noch dort im fernen Welttheil?

Seine Stimme war schwächer geworden, und jene im Zimmer riefen ihm nach, daß sie sich noch immer auf derselben Stelle befänden. – So hat des Menschen Geist, rief Mansfeld zurück, doch durch Brief und Post und Telegraphen Mittel gefunden, die entferntesten Theile der Erde in Verbindung zu erhalten. – Verweilt noch Alle dort, in den weiten Reichen, die so groß sind, daß die Sonne nicht darin aufgeht, bis ich wenigstens einen Funken angeblasen habe. – Potz tausend! da ist mir ein Funken Asche in die Kehle gerathen! – Ich werde gezwungen, zu husten, vielleicht zu niesen, und ich sage es Allen voraus, damit man nicht vermuthe, es wolle mich Jemand erdrosseln. Nehmt also freundschaftlich Theil, aber nicht zu innig und nicht mit Angst und Schmerz. –

Er hustete stark, er räusperte sich. – Der Mensch ist freilich, fuhr er nach ewiger Zeit fort, selbst nur Staub und Asche, aber wir können diese doch nicht ohne Unbequemlichkeit mit uns assimiliren; die zu nahe Freundschaft widersteht einer zärtlichen, ehehaften Verbindung. – Kein Hölzchen, Fädchen, Schwefel! – Nirgend; – Nirgend eine Kohle! – Ich arbeite wieder in der Asche – – da glimmt es, so schwach, wie die Spitze einer Stecknadel – o ein Körnchen Schwefel wäre Millionen werth! – Das Feuerauge wird sich gewiß wieder schließen – ich blase – ich hoffe den kleinen Span, den ich an den Funken halte, zu persuadiren, daß er teilnehmend sich entzünden lasse, – umsonst – der Teufel hat Funken und Span geholt, und ich muß wieder husten! –

Indem hörte man mehrere rauhe Stimmen durch einander, die sich dem Hause zu nähern schienen. Todtschlagen sollte man sie Alle! rief ein tiefer Ton, und die andern schienen durch Murren ihre Einwilligung zu geben. – O wir sind verloren! schrie die Dichterin von neuem mit dem Ton der Verzweiflung; jetzt kommen wirkliche Räuber und Mörder, um uns hinzurichten, so wie wir da sind! – Auch die Mutter wurde ängstlich, und Louise, die sich den ganzen Tag über leidend verhalten hatte und über ihr Schicksal völlig gleichgültig schien, ward ebenfalls mehr bewegt. – Sie sollen nur kommen, die Bösewichter! sagte Freimund entschlossen; ich und Freund Schwieger, so wie der junge Mansfeld, werden ihnen genug zu schaffen machen!

Ehe wir sie umbringen, sagte Schwieger gleichgültig, müssen wir sie vorher ersuchen, uns Licht anzünden zu helfen.

Indem schimmerte ein Lichtschein ihnen entgegen, es kam in die Thür herein und ging die Treppe herauf. – Herr Mansfeld! rief der Rath entschlossen. – Was soll er? fragte dieser aus der Ferne. – Wenn wir nur beisammen wären, sagte der Alte, denn es gilt jetzt vielleicht, uns unserer Haut zu wehren.

Die Thür öffnete sich. Man sah Laternen, eine Anzahl gemeiner Menschen in einer dunklen Gruppe, unter ihnen eine schlanke, große Gestalt, die besser bekleidet schien. Diese sprach mit tiefem Ton: Leuchtet her, Leute! Das sind also die Raubgenossen, die es gewagt haben, in ein ehrliches Haus fast bei hellem Tage einzubrechen?

Ja, Herr Landrath, sagte einer der Laternenträger, wir hatten sie eingesperrt, und einer stand hier draußen auf der Kanzel im Regen, aber sie müssen sich wieder mit Gewalt losgemacht haben, und sind nun hier im Hause selbst froh und guter Dinge.

Der große Mann ging näher und faßte Freimund bei der Schulter. Wie könnt Ihr es wagen? rief er: leuchtet dem Kerl ins Gesicht! – Es geschah. – Himmel! schrie er laut auf – mein verehrter Herr Schwiegervater! – Was ist das für ein Abentheuer?

Man klärte sich bald auf. Der Landrath, der Herr von Dobern, hatte keinen Boten erhalten und von dem großen Einweihungsfeste Nichts vernommen. Er war im Dorfe zu Besuch gewesen, der Knecht kam dorthin, die Gerichte aufzubieten, um einbrechende Kerle gefangen zu nehmen; er folgte dem Knecht, dem Schulzen und den Bauern aus Pflichteifer, und war nicht wenig erstaunt, Braut und Schwiegereltern so unvermuthet zu finden.

Die Bauern gingen hinaus, man ließ die Laternen im Zimmer, und Mansfeld fand sich aus der Küche auch wieder herbei. Alle begrüßten sich, so anständig und fein, als es das seltsame Costüm und die immer noch nicht sonderliche Erhellung zuließ. Die ganze Gesellschaft erstaunte aber, als der Landrath plötzlich darauf drang, daß, obgleich Anstalten und Feierlichkeit mangelten, man dennoch vor den Zeugen, welche zugegen waren, die Verlobung feiern solle. Ueber Kindereien, sagte er in seinem rauhen Ton, sind wir hoffentlich, als verständige Männer, hinweg, das Wesentliche kann eben so gut im Walde, in einer Felsengrotte, wie in einem erleuchteten Saale geschehn. Alsdann bin ich, wenn auch im Finstern und Regenwetter, zur guten Stunde hierher gekommen. Also, Freund Schwiegervater, entschließen Sie sich, und Sie, meine schöne Braut, fassen Sie ebenfalls einen Entschluß.

Der Vater schüttelte den Kopf, die Mutter flüsterte einige unwillige Worte, und da Louise dies bemerkte, faßte sie mehr Muth, als ihr sonst zu Gebote stand, und erklärte sich ganz bestimmt gegen ein so übereiltes und unziemliches Verfahren. Der Vater stand ihr bei, indem der Landrath gegen Beide stritt und sich nichts weniger als zart und empfindsam zeigte, welches auch die Dichterin bemerkte, die halblaut äußerte, unter solchen Umständen sei der Untergang ihres Gedichtes nicht allzusehr zu beklagen, weil sie den Bräutigam in ihren Versen mit viel zarteren Farben abgeschildert habe.

Der Streit, der sich außerdem wohl noch hingezogen haben würde, ward durch den jungen Vetter unterbrochen, welcher aus seinem Pferde zurückkam und einen Bauerwagen mit sich brachte, über welchen eine Leinwand gezogen war. Der Rath Freimund befahl, auch seine Chaise wieder anzuspannen, und so schnell als möglich nach der Stadt zurückzukehren, damit Frau und Tochter sich von der Angst dieser Nacht und dem Gewitter in der Ruhe dort erholen könnten. Er selbst, die Frau und Tochter, so wie die klagende Dichterin, sollten in seinem Wagen Platz nehmen; die Herren aber, von den beiden Reitern begleitet, auf dem schlichten Bauerwagen nachfolgen. Der alte Sebastian rieth zwar murrend, den Tag erst abzuwarten, weil die Nacht keines Menschen Freund sei, er ward aber überstimmt und ging verdrüßlich fort, seine beiden muthigen Rosse anzuschirren.

Als man noch über die Abfahrt, über Verlobung und andere Dinge sprach und stritt, als die Dichterin und die Mutter Louisen zuredeten, und Freimund und Schwieger mit einander zankten, sagte Mansfeld: Dies Alles, meine geehrten Freunde, wird, wenn ich nicht sehr irre, sich in der ruhigen Stadt besser berathen und abmachen lassen, denn in der That, mir scheint es endlich auch, als sei hier in diesem Zauberschlosse Alles nur auf Verwirrung gestellt. Wäre dies die Nacht des ersten Mais, so könnte es ja nicht schlimmer hergehn, und wir haben heut in der That eine Walpurgis im Kleinen gefeiert.

Nur der Hauptvorsteher dieses Festes, fiel Schwieger verdrüßlich ein, hat bis jetzt gefehlt, oder bis dahin nur die Sachen unsichtbar gelenkt und angeordnet.

Käm' er nur in Person, rief Freimund, daß man ihn doch wenigstens zur Rede stellen könnte!

Hervor, Alter! rief Mansfeld im tollen Muthe, der ihn jetzt von neuem anwandelte. Heraus aus Deiner alten Behausung, Du Unfreundlicher, Widerwärtiger! So wie der große König Ingurd stehe ich hier, stampfe den Boden und beschwöre Dich, uns sichtbarlich zu erscheinen, wenn Du irgendwo als Wesen bist, webst, lebst oder existirst, sonst werden wir kurzen Prozeß mit Dir machen, Dir den Stab brechen und behaupten, daß Du nirgend in *rerum natura* als Ding seist!

Malen Sie den Bösen nicht an die Wand! sagte die Mutter schüchtern.

Aber poetisch macht sich die Sache doch, flüsterte die Dichterin, und diese feinere oder erhabene Art von Schauder hat uns in dieser Nacht noch gemangelt.

Indem der Vetter und der Landrath, so viel es die Lichter erlaubten, das Schauspiel betrachteten, welches ihnen der übermüthige Mansfeld gab, und sich ihm näherten, wichen die Frauen geängstigt nach der Wand zurück.

Wie man nur immerdar so verdreht seyn kann! bemerkte Freimund, und er wird auch des Dinges und alles dieses Spaßes nicht überdrüssig.

So komm denn, erscheinet fuhr Mansfeld in seiner Beschwörung fort; bist Du denn vielleicht der Geist des Vergessens, der Zerstreutheit, jener sonderbaren Abwesenheit, und bist Du wohl gar nur in dieser persönlich gegenwärtig? So komm denn. Du, mit dem irren, schielenden Blick, laß die Wasser in Ruh, die durch Deinen Drang übertreten und zerstören, hemme den unnützen Regen, der dem Landmann die Heuernte verdirbt; bist Du irgendwo heut in der Küche, oder im Keller, im Mißverständniß des tauben Gärtners, oder im Verderbniß edler Manuskripte und Dichtungen thätig gewesen, so komm, melde Dich, tritt auf, zögre nicht, wir sind Deiner gewärtig.

Sogleich! im Augenblick! rief eine Stimme dumpf aus dem Fußboden herauf. – Alle entsetzten sich, selbst Mansfeld fuhr mit einem Schrei des Erschreckens zurück, die Frauenzimmer kreischten und drängten sich näher zusammen. Auch Schwieger und Freimund, so wie der Landrath und der Vetter begriffen das Wunderbare des Ereignisses nicht. Aber noch mehr entsetzten sich Alle, als der Fußboden sich plötzlich aufthat und eine dunkle Gestalt heraufstieg.

Alles schrie durch einander, selbst der Keckste und Vorwitzigste hatte für einige Momente Muth und Besonnenheit verloren. Der Fremde, als sich der Fußboden wieder geschlossen hatte, nahm den Hut ab und sagte: Ich kenne diese Gesellschaft nicht und vermuthete Niemand hier. Entschuldigen Sie den Schrecken, den ich Ihnen Allen gemacht habe. Als ich sprechen hörte, und jene Aufforderung, sogleich zu kommen, konnte ich es nicht unterlassen, von unten zu antworten, sehr gespannt darauf, wer nach mir verlange, oder wer wissen konnte, daß ich schon auf dem Wege hieher sei.

Er sah sich um, so viel es die Laternen verstatteten. Alle waren verlegen, nur Mansfeld, der seinen Muth wieder gefunden hatte, sammelte sich zuerst und sagte: Sie, Herr Fremder, sind, wie es scheint, sehr gütig und gefällig, erst, daß Sie auf meine Einladung sich sogleich zu uns bemühen, und zweitens, daß Sie zugleich um Verzeihung bitten, da Sie uns erschreckt haben. Daß wir einigermaßen den alltäglichen Muth verloren, war wohl sehr natürlich. Sie wissen ja doch, wen wir zu rufen die Dreistigkeit hatten, und stellen sich ein für ihn und geben sich für ihn aus.

Ich habe meinen Namen noch nicht genannt, sagte die Erscheinung.

Braucht's auch nicht, erwiederte Mansfeld; wäre gewissermaßen gegen die Etikette; man kennt sich doch.

Sonderbare Ausdrücke und Redensarten, sagte der Fremde; ich muß besorgen, in eine Gesellschaft gerathen zu seyn, die wohl nicht so eigentlich hieher gehört.

Für wen halten Sie uns? rief Mansfeld.

Ich höre, erwiederte Jener, das Gütchen ist ganz neuerdings an einen simpeln, blödsinnigen alten Herrn verkauft, der gewiß niemals herauskommen wird; die Einsamkeit des Ortes ist so recht geeignet, Leuten, die ein gegründetes Vorurtheil gegen das Tageslicht haben, zum Schlupfwinkel zu dienen. Diese Trachten, Mienen, diese mehr finstern, als hellen Laternen, Alles dieses – –

Also für Spitzbuben, Falschmünzer, oder dergleichen nehmen Sie uns? rief Mansfeld: Sie, mein guter, fremder Herr ohne Namen, der aus der Erde aufsteigt, sollten gerade am wenigsten so anzügliche Reden führen!

Nun, sagte die Erscheinung, für was halten Sie mich denn?

Mit Respect zu sagen, erwiederte Mansfeld, für den Teufel selbst.

Der Fremde lachte so von Herzen, daß plötzlich Alle in den heitern Ton der Lustigkeit einstimmten und ein unauslöschliches Gelächter im Saal erschallte.

Ich kann Sie versichern, nahm endlich Freimund das Wort, daß der alte Mann, der das Gut hier getauft hat, bis jetzt noch nicht so ganz blödsinnig ist; aber als Eigenthümer darf ich nun wohl fragen:

Wer sind Sie? Wie kommen Sie hieher? Und zwar auf diese unerwartete, ja wunderbare Weise?

O, rief der Fremde unwillig: wie bringt mich nur heut der Zufall dahin, mich unziemlich zu betragen und als ein ungezogener roher Mensch zu erscheinen. Daß ich um Vergebung bitte, macht mein Benehmen nicht wieder gut. – So erfahren Sie denn, daß ich der ehemalige Eigentümer dieses Hauses bin, welches ich nach dem Frieden verkaufte. Sie haben es wahrscheinlich aus der zweiten Hand erhalten.

Wie? rief Mansfeld aus: Sie sind damals im Kriege nicht umgekommen? Sie leben noch?

Gewiß, erwiederte jener; ich nahm meinen Abschied, heirathete meine Braut und wirtschaftete auf dem größern Gute meines Vaters, bis dieser starb.

Und Ihr Vater ist auch nicht im Kriege, und zwar recht tragisch, umgekommen? fragte Mansfeld.

Ich weiß, antwortete der Unbekannte, welche tolle Fabeln man sich von uns erzählt. Das müßige Landvolk hat diese Geschichten, wer weiß wodurch veranlaßt, ersonnen, und das Mährchen ist nachher immer mit albernen Zusätzen vermehrt worden. So viel ist wahr, ich vertheidigte damals diese Gegend, und mein Vater stand allerdings im feindlichen Heere, aber mir zum Glück nicht gegenüber, sondern in einer entfernten Provinz.

Ewig Schade! fuhr die Dichterin heraus: woher kommt denn aber, wenn alle jene tragischen Verwicklungen dahin sind, die Spukerei dieses Zauberschlosses?

Einiges von jenen Gerüchten, erwiederte der Fremde, habe ich wohl selber ehemals, als ich hier wohnte, veranlaßt. Mir hat es immer wohlgefallen, daß Rousseau auf der Peters-Insel sich jene Fallthür und kleine Treppe einrichtete, um plötzlich lästigen Besuchen zu entfliehen. Dort ist es nur ziemlich ungeschickt und plump angelegt, und ich schmeichle mir, dieselbe Anstalt feiner eingerichtet zu haben. Sie haben draußen, hinter dem Hause, die kleine Grotte bemerkt. Dort ist eine Feder angebracht, auf deren Druck sich von innen wie außen eine kleine Thür öffnet; ein schmaler Gang führt unmittelbar in diesen Saal, wo ebenfalls eine Feder die kleine

Thür im Fußboden bewegt. Sah ich nun Volk von der Stadt, oder langweilige Kameraden, oder Leute kommen, die mir für den Augenblick unbequem fielen, so entfloh ich plötzlich in den nahen Wald, und keiner wußte, wo ich geblieben war. Da ich das Kunststück meinen Leuten verheimlicht hatte, so konnte ich auch plötzlich in meinem Zimmer seyn, wenn diese mich weit entfernt glaubten. Auf einer Reise durch diese Gegend, indem meine Frau einige ihrer Verwandten wenige Meilen von hier besuchte, kam mir dort das Gelüste, mein vormaliges Eigenthum wieder einmal in Augenschein zu nehmen. Im Walde überraschte mich Sturm und Gewitter, ich konnte mich kaum während des Platzregens in einer Köhlerhütte bergen. Als es finster wurde, begab ich mich hieher; und, in der Voraussetzung, daß das Haus noch ganz leer sei, ging ich durch die Grotte, wo ich das alte Kunststück noch unverletzt fand. Ich hörte über mir Stimmen; erscheine! komm! tönte es herunter, und ich konnte der Lust nicht widerstehn, hierauf zu antworten. Statt umzukehren, trieb mich die Neugier herauf, zu sehen, wer hier hausen möchte. Da Sie, der Eigenthümer, von der Einrichtung nichts wissen, so muß ich sie Ihnen, sobald es nur heller geworden ist, zeigen, damit Sie den Gebrauch kennen lernen.

Hätten wir, liebe Sappho, sagte Mansfeld, diesen trefflichen Schlupfwinkel gekannt! Weder so naß wären wir geworden, noch wären die Verse zu Grunde gegangen; weder hätte Herr Schwieger seinen zu vertraulichen Schulterschlag bekommen, noch hätte ich oben als eine verlorne Schildwacht stehen müssen. Wir wären wie die Mäuse hier hereingeschlüpft, und hätten nachher den neuen Gutsbesitzer ausgelacht, über seine Zerstreutheit doch einigermaßen getröstet.

Es ist doch aber allzutraurig, klagte Sappho, daß in unsern Tagen alles Wunderbare, Geistige und Gespenstige immerdar in Rauch verschwindet. Wo es auch scheint, daß sich einmal eine schöne, herzige Sage anheften und ausbilden will, so kommt gleich eine prosaische Kritik hinterdrein, um den schönen Glauben zu zerstören. So sind Sie, geehrter Herr Unbekannter, Ihr eigner Revenant, und treten hier selbst als Geist auf, um Ihre geistige Existenz abzuleugnen. O wie bequem hatten es darin unsre gläubigen Vorfahren! Nein, nein, ich sehe, jene Politiker haben Recht, welche behaupten, daß uns niemals ein Mittelalter zurückkehren werde. Die armen

Gespenster! Allenthalben verfolgt und verdrängt, finden sie in unsern Tagen selbst nicht einmal in den Romanen, kaum noch in den Tragödien eine letzte Zuflucht. Der Wagen war vorgefahren, man mußte aber mehrere Schritte den steilen Hügel hinuntergehen, zu einem ebenen Waldfleck wo die Pferde standen. Bastian sagte, indem Mansfeld die Dichterin im Finstern hinuntergeführt hatte, die zuerst einsteigen sollte: Mein Seel, es gehen hier Kobolde um, die dem Menschen Alles zum Possen thun; mir ist ein Knirps und Wicht rechts und links unter dem Wagen bei den Füßen vorbeigesprungen. – Sei kein Kind, sagte Mansfeld. – Hat sich was! murrte der Alte; und die Pferde selbst sind schon so unruhig, als wenn der Teufel in ihnen steckte.

Die Dichterin saß, Schwieger führte Louisen. Ich glaube, sagte dieser, die Finsterniß dieser Nacht hat alles Licht eingeschluckt; will sich doch immer noch keine Dämmerung wieder zeigen, man muß mehr tappen als gehn: wo ist der Wagen? – Hier; sagte der alte Kutscher, kommen's nur 'rab. – Louise setzte sich neben die Sängerin, und die Mutter, so wie Freimund, warteten zwei Schritt davon, sich führend. Plötzlich stieß Bastian, indem er aufsteigen wollte, einen lauten Schrei aus und lag zu des Vaters Füßen, und die Pferde flogen, frei und ohne Führer, mit dem Wagen die Anhöhe hinunter. Man hörte nur noch den Schrei der Frauenzimmer, dann war Alles still.

Himmel! mein Kind! rief Freimund außer sich. Die Mutter sank halb ohnmächtig dem Manne an die Brust. – Donner und Wetter! schrie Bastian, sich vom Boden aufraffend. Hab' ich's nicht gesagt? Ich steh' in aller Unschuld da und will aufsteigen, halte vorsichtig die Zügel, da zieht es mir dies und das Bein unter dem Leibe weg, schlägt mich auf die Faust, und heidi! davon, wie ein Blitz und Gewitter. Nun von dem Wagen und den Rossen bleibt ein Gebein übrig.

Komm, arme liebe Frau, in das unglückliche Haus zurück! sagte Freimund und faßte die weinende Gattin, die er mehr trug, als führte.

Die Gesellschaft war nun wieder im Saal versammelt, man zündete wieder einige Laternen an und der Rath sagte: Eilen Sie, lieber

Vetter, besteigen Sie schnell wieder Ihr Pferd, jagen Sie nach, forschen Sie, bringen Sie uns Nachricht.

Wenn ich nur die Richtung finde, sagte der junge Mensch. Schnell war er in den Bügeln, er flog in der Dunkelheit davon.

Und Sie, Herr von Dobern? sagte der Vater zum erstaunten, verwirrten Bräutigam.

Was ist zu machen? antwortete dieser kaltblütig. In der Finsterniß kann man nicht um sich sehn; auf der Landstraße kann der Wagen eben so gut rechts wie links gelaufen seyn, oder, was am wahrscheinlichsten ist, die tollen Pferde sind sogleich geradeaus gesprungen, den ganzen Berg und Abgrund hinunter, und Alles führt vielleicht der Fluß schon in seinen Wogen. Wir müssen doch wenigstens die erste Dämmerung erwarten.

Wie können Sie, rief Freimund aus, nur so gefühllos seyn! Thut man doch lieber zu viel, als zu wenig. O mein armes Kind! Himmel! soll diese fatale, unglückselige Nacht sich noch so fürchterlich beschließen?

Fassen Sie sich, mein Herr, sagte der Fremde; zwar kann der Unbekannte einem Vater leicht so etwas sagen, werden Sie erwiedern: aber, wenn man Krieg, Schicksale erlebt und durchkämpft hat, wenn man in fernen Gegenden recht viel erfahren und gesehn hat, so lernt man auch, daß ein augenscheinliches Unglück sich mildert, daß eine offenbare Gefahr oft nicht rettungslos ist, daß Zufall und Glück uns eben so oft die Hände bieten, als sie uns verfolgen. Wenn noch ein Pferd übrig ist, so geben Sie es mir, und ich will nachjagen, erforschen, um, wo möglich, Ihnen einige Beruhigung zu verschaffen.

Mein Pferd, sagte der Landrath, will ich Ihnen wohl geben, es geht auch in der Nacht sicher, nur müssen Sie es mir nicht zu Schanden jagen.

Freimund murrte wieder. Sie sind gar zu vorsichtig, Herr von Dobern, sagte er endlich. Wenn alle Menschen so dächten, so würde niemals in der Welt etwas Besonderes oder Auffallendes geschehn.

Der Fremde ritt eilig fort. Ein Gerassel draußen ertönte, verschiedene Stimmen riefen laut und durch einander. Sollten sie da seyn? schrie die Mutter. Freimund stürzte hinaus.

Es war der Küchenwagen, der nun endlich angekommen war. Die Leute waren auch während des Gewitters eingekehrt. Im Dorfe hatten Sie noch einige Bretter über den Wagen befestigen lassen, damit manche Sachen, die frei standen, nicht verderben möchten.

Setzen Sie sich nun Alle, rief der Landrath, und erquicken Sie sich wenigstens an dem, was endlich angekommen ist. Wir Alle haben in dieser sonderbaren Nacht vielfältige Strapazen überstanden.

Richten Sie sich hier ein, sagte Freimund im höchsten Unwillen, so bequem und unterhaltend, wie Sie es immer vermögen, ich und meine Frau, wir wollen sogleich nach der Stadt fahren. Wenn mein Kind verunglückt ist, so ist unser Leben überhaupt beschlossen.

So verweilen Sie mit mir, Herr Mansfeld, sagte der Landrath; wir begeben uns dann am Mittage nach der Stadt.

Verehrter Freund, sagte Mansfeld mit großer Rührung zu Freimund: jener Bauerwagen ist geräumig genug, mich und unsern Schwieger aufzuladen. Ich kann nicht ruhen und habe kein Gefühl, bis ich weiß, wie es Louisen ergangen ist. Ich hoffe, gut, leidlich; daß wir sie gesund und bald wiedersehen. Mein Reden und Schwatzen soll Sie unterwegs zerstreuen und vielleicht etwas mehr beruhigen. Der Herr Landrath kann sich auch besser ohne uns behelfen, fügte er mit einem Ton der Geringschätzung hinzu: da unsre Klagen ihn vielleicht in seinem philosophischen Wohlbehagen stören möchten.

So geschah es; Jene fuhren ab, als eben die erste Dämmerung sich unmerklich in die Dunkelheit mischte, und der Landrath blieb, wie selbst verzaubert, in dem sogenannten Zauberschlosse zurück.

*

In der nehmlichen Sturmnacht, als sich alle diese Zufälle und Verlegenheiten auf dem Zauberschlosse entwickelt hatten, saß der trostlose Hauptmann in seinem Zimmer bei zugezogenen Fenstern, und überlas noch einmal die Briefe, die er in glücklichen Zeiten von Louisen erhalten hatte. Plötzlich rollte ein Wagen heran, und der

General umarmte seinen überraschten Sohn. In dem schrecklichen Wetter fahren Sie zu mir, mein Vater? sagte der Sohn verwundert. – Umzukehren, erwiederte der General, war es zu spät, und ich hatte Dir einmal meinen Besuch zugedacht. Begrüße doch auch Deinen alten Lehrer. – Wie? rief der Hauptmann, auch Ihr Feldprediger, der theure Magister, begleitet Sie?

Ja, mein Sohn, sagte der General in seiner frohen Laune, als sich Alle im Zimmer niedergelassen hatten: sieh, ich dachte so: entweder der Sohn ist rappelköpfisch und in einer stillen oder lauten Verzweiflung, da reicht mein väterlicher Trost allein nicht hin, darum habe ich unsern wackern Prediger mitgenommen, der, wenn mir die Worte ausgehn möchten, mit Philosophie, und, wenn auch diese nicht genügen sollte, mit religiösen Ermahnungen auf seine Desperation operiren sollte. Oder, fuhr ich fort, dein Sohn hat etwa gar einen tollen Streich gemacht, wer weiß, das Mädchen entführt, so nehme ich auf jeden Fall meinen lieben Prediger mit, damit die Trauung gleich vollzogen werden kann.

Wie Sie nur, mein theurer Vater, mit meinem Unglück so scherzen können! War es denn nicht Ihr ausdrückliches strenges Verbot, keinen unsinnigen Streich, wie Sie ihn in allen Briefen nannten, auszuführen? Meine Ehre bei der Armee und meinen Fürsten nicht zu compromittiren? Wie streng war Ihr Befehl, wie heilig mußte ich versichern. Ihnen zu gehorchen!

Ich meinte nur, antwortete der Vater, die tolle unbändige Jugend gehorche nicht immer. Und darum bin ich auch herübergekommen, um Dich zu beobachten, denn heut Abend, wie ich mir habe sagen lassen, vielleicht in dieser Stunde soll ja die Verlobung Deiner Geliebten mit dem widerwärtigen Bräutigam seyn. Nun sieh, was Du gleich für ein Gesicht ziehst, da ich Dich an diesen Umstand erinnere.

Sie sind mehr als grausam! rief der Hauptmann aus; hätte Louise nur etwas mehr Muth und Entschlossenheit, so würde ich dennoch, ich gestehe es, etwas unternommen haben, das mir Ihren Zorn, wohl die Ungnade meines Herrn zugezogen hätte. Aber sie, so wie die Mutter, verhalten sich dem eigensinnigen Vater gegenüber allzu leidend. Und Sie selbst, mein geliebter Vater, hätten Sie nicht für mein Glück etwas thätiger seyn können? Der Muthwille Ihrer Jugend hat jenen Mann zu Ihrem unversöhnlichen Feinde gemacht; konnten Sie nicht einige Schritte mehr ihm entgegenthun? Konnten Sie nicht diese Gelegenheit ergreifen, Alles wieder, zu meinem höchsten Glücke, in die alte Bahn zurückzulenken.

Du sprichst, sagte der General, wie junge Leute zu sprechen pflegen. Wenn die Gegenpart gar keine Raison annehmen will, so setzen mir mein Stand und meine Verhältnisse Schranken, die ich, ohne Verletzung meiner Ehre, nicht überspringen darf. Ich habe Alles gethan, was in meinem Vermögen war, ich bin weiter gegangen, als jeder Andere es vermocht hätte; aber Alles war umsonst, denn Jener bestand so auf seinem unvernünftigen Eigensinn, daß er nur um so ungezogener wurde, als ich mehr und mehr nachgab. Die Leidenschaft ist in der Regel immer um so stärker, als Gründe und Vernunft einer schlimmen Sache mangeln, sie soll diese dann ersetzen. Meinst Du, es wäre mir auch nur ein Opfer gewesen, diesen Mann, nach so vielen Jahren, selbst vor Zeugen, um Vergebung zu bitten? Von der Eitelkeit oder den Grillen, die mir dergleichen schwer gemacht hätten, bin ich weit entfernt. Und am Ende bekam ich denn auch Scrupel eigner Art. Ich dachte nehmlich, wenn Dein Fräulein Louise durch ihre Liebe nicht stark genug ist, den Zorn der Eltern auf das Spiel zu setzen, Dir an den Hals zu fliegen, da sie doch recht gut weiß, daß Du Dich ruhig verhalten mußt, so ist ihre Leidenschaft am Ende auch nicht so sonderlich mächtig, und der Himmel sorgt vielleicht am besten für Euch, wenn Ihr nicht zusammenkommt. Soll es aber dennoch geschehn, nun, so ist es auch in der allerletzten Minute immer noch nicht zu spät; so mag sich's denn zeigen, ob es noch glückliche Zufälle giebt, ob Feen oder Elfen sich noch der armen Sterblichen annehmen. Geschieht es nicht, sind alle diese hülfreichen Geister wirklich ausgestorben, nun, so müssen wir uns auch mit dem Bewußtseyn zufrieden stellen, daß wir Alles, was wir nur irgend konnten, gethan haben.

Ihr Vater, junger Mann, fing der Prediger in erbaulichem Tone an, spricht weise, und darum thun Sie gut, seinen Ermahnungen unbedingte Folge zu leisten.

Aber setzen wir uns zu Tische! rief der General; denn wir werden Alle hungrig seyn.

Indem trat auch der Freund des Hauptmanns, Ferdinand ein, der dem General seine Ehrfurcht bezeigte und mit Lust an dem heitern Gespräch des launigen Mannes Theil nahm, indeß der Hauptmann die Mahlzeit anordnete und oft schweigend vor sich niederblickte, ohne auf die Reden der Uebrigen zu hören. Nein, rief der General, laß die Tafel nicht drinnen im Saale anrichten, hier im Zimmer, und etwas nahe am Fenster. Habe ich doch meine Freude am Gewitter, Sturm und Platzregen, ich ziehe auch die Vorhänge wieder auf, um die Blitze recht beobachten zu können. Es ist ja auch möglich, daß wir noch Besuch erhalten, und so können wir die Ankommenden hier gleich besser begrüßen.

In diesem Wetter, antwortete der Sohn, wird kein Mensch ausreisen, als etwa ein alter Soldat, der im Freien wohl schon Schlimmeres hat überstehen müssen.

Der General, wie ausgelassen, ordnete selbst die Plätze und Stühle am Tisch. Neben seinen Sohn mußte für einen unsichtbaren Gast ein Sessel gestellt werden. Dieser da, sagte er, bedeutet Deine Geliebte; wenn Dir unser Gespräch zu langweilig wird, so wende Dich in Gedanken an diese, sage ihr Alles, schütte ihr Dein ganzes Herz aus; verklage mich und den alten Freimund, und sei so zärtlich, als Du es nur irgend vermagst. Wir andern Drei essen und trinken indessen und sind guter Dinge.

So geschah es auch, indem das Gewitter noch tobte. Der General war sehr heiter und der Prediger, wie der junge Officier, mußten mit einstimmen. Man saß lange, während viel Heiteres gesprochen und erzählt wurde, bei der Tafel. Das Gewitter hatte nachgelassen, nur der Regen strömte noch herab. Es schien, da es schon spät in der Nacht war, als wenn die Gesellschaft anfinge, ermüdet zu werden. Das Gespräch stockte zuweilen, und die Laune des Generals ging sichtlich erst in Ernst, dann in Verdruß über. Als der fremde Officier die Müdigkeit erwähnte, antwortete der General: Ich bin immer am fröhlichsten, wenn der Himmel recht tobt und stürmt; jetzt aber, statt daß es nach diesem tüchtigen Gewitter heiter werden sollte, tritt ein so langweiliger, phlegmatischer Regen ein, daß man wohl merkt, dies verdrüßliche Wetter wird nun einige Tage so fort lamentiren und quängeln. Darin ist unsre deutsche Atmosphäre unausstehlich. Wehe dem, dem es im Leben selbst auf ähnliche Art ergeht!

Man wollte sich schon vom Tische erheben, als man plötzlich aus der Ferne das Rasseln eines Wagens vernahm. So spät in tiefer Nacht? sagte der Hauptmann. Das klingt, fuhr er fort, als wenn Pferde liefen, die sich selbst überlassen sind. – Sollte ich mich täuschen, das ist ja wie der Trab meiner Rappen. Was hat das zu bedeuten? Indem standen die Rosse mit dem Wagen, die im schnellsten Trabe gelaufen waren, plötzlich vor der Thür still. Man hörte die hülferufende Stimme von Frauenzimmern. Alle stürzten hinaus, der Hauptmann voran; der junge Officier hielt die Pferde.

O mein Karl! war Louisens Ausruf, als sie ohnmächtig dem Hauptmann in die Arme sank, der sie zitternd aus dem Wagen gehoben hatte. Dieser trug die schöne Last mit freudeklopfendem Herzen, überrascht, betäubt, in das Zimmer auf das Sopha. Der Prediger bemühte sich indeß mit der Dichterin, die mit den leidenschaftlichsten Ausdrücken die ungeheure Gefahr schilderte, der sie eben entgangen war, sowie ihre Freude über diese plötzliche unvermuthete Rettung.

Louise erwachte. Sie erzählte von dem Schreck, den ihr die durchgehenden Pferde verursacht hätten. Sie konnte sich in die Freude nicht finden, im Hause, an der Seite ihres Geliebten zum Leben wieder zu erwachen. Die beiden Damen mußten durch Speise und Trank erquickt werden, die Tafel wurde wieder hergestellt und von neuem mit einigen Gerichten besetzt, und Louise war genöthigt, den Sessel einzunehmen, der vorher schon für ihren Geist war hingestellt worden.

Als man sich erst besonnen, die Gefahr und den höchst sonderbaren Zufall vielfältig besprochen hatte, waren Alle sehr fröhlich, der General ausgelassen und die beiden Liebenden ganz in das Bewußtsein ihrer beglückenden Nähe versenkt, die ein zauberähnlicher Umstand ihnen so unvermuthet gewährt hatte. Ei! rief plötzlich der Hauptmann aus, da ist ja mein kleiner wilder Jockey auch, den Sie mir, lieber Vater, mit diesen meinen vormaligen Pferden zugleich entzogen hatten.

Ja, sagte der Jockey mit der fröhlichsten Miene, ich habe den Herrn General vorher begleitet, ohne daß er es selber bemerkt hat.

Und ein wahres Glück. Denn die guten lieben Rappen sind zwar verständig genug, sie kennen die Stadt und das Haus hier wohl, ihr altes gutes Quartier: also würden die kreuzbraven Thiere wohl von selbst Halt gemacht haben, denn ich glaube nicht einmal, daß sie in einem Koller durchgegangen sind, sie haben es nur benutzt, daß sie nicht unter Aufsicht standen, und sind so wieder zu ihrem Herrn Capitän gelaufen. Wie ich aber hier in der Hausthür stand und zusprang, ließen sich die freundlichen Creaturen um so williger greifen.

Ich will die Pferde, die so verständig sind, sagte der General, auch wieder an mich kaufen, und Du sollst sie wieder bedienen. – Ist es wohl gottlos, Herr Pastor, in dieser wunderlichen Begebenheit die Hand des Himmels, oder wenigstens einen Finger derselben erkennen zu wollen?

Gottlos eben nicht, erwiederte jener; aber vielleicht voreilig. Alle die Umstände, das Durchgehen der Pferde dann, die jener Herr von Freimund gekauft, daß die Damen keinen Schaden genommen, die Thiere, die, mit Verstand begabt, gerade hieher gelaufen, vor dem Haufe Halt gemacht, in dem nicht nur der Herr Kapitän, sondern auch dessen Herr Vater gegenwärtig war, hat immer etwas Wunderbares.

Und noch mehr der Umstand, rief der General aufstehend, daß der ordinirte fromme Prediger zugegen war. Denn da uns das Glück so außerordentlich in die Hände gearbeitet hat, so wäre es frevelhaft, seine Güte nicht zu benutzen. Sie trauen mir also die beiden jungen Leute in diesem Augenblick, das Umgehen des Aufgebots und dergleichen mehr werde ich schon vertreten und vergüten; wenn es seyn muß, trage ich meinem gnädigen Fürsten den sonderbaren Fall selber vor, dem ich neulich schon von Louisens Unglück und des Vaters Eigensinn gesprochen habe. Heute schläft die Braut und junge Frau noch in dem uneingerichteten Hause eines bisherigen Junggesellen, morgen soll die Wohnung mit Allem, was zu einer Haushaltung gehört, ausgestattet werden.

Alles geschah, wie er es anordnete; die Liebenden waren selig, und die Dichterin beglückt, etwas so Wunderbares zu erleben, wie sie bis jetzt in ihren Romanen noch niemals erfunden hatte.

Mit der Dämmerung kehrte der Rath Freimund nach der Stadt zurück. An Schlaf und Ruhe war nicht mehr zu denken. Mansfeld blieb bei ihm und seiner Gattin und tröstete und beruhigte sie, so viel als möglich. Der junge Vetter, so wie der Fremde, erschienen nach einiger Zeit. Sie hatten in den verschiedenen Richtungen, weder oben in den Bergen, noch unten am Flusse, etwas von einem verunglückten Wagen gehört, und diesen Umstand benutzte Mansfeld vorzüglich, um durch seine Vermuthungen die Angst der Eltern zu mindern. Wäre ein Unglück geschehen, sagte er, so wäre es auch schon kund geworden, denn dergleichen verbreitet sich mit Blitzesschnelle; irgend ein früher Wanderer hätte den Wagen und die Rosse schon gefunden, es ist also die höchste Wahrscheinlichkeit, daß diese raschen Thiere, ohne sich zu beschädigen, ziemlich weit in die Landschaft hinaus gelaufen sind, so daß sich die Kunde von dem Orte, wo sie endlich standen oder aufgefangen wurden, bis hieher nothwendig verzögern muß. Nur fassen Sie sich, gewinnen Sie ein Vertrauen, daß Sie nicht erkranken, wenn nachher die Tochter wiedergefunden ist und gesund in Ihren Armen liegt.

Es schien, daß Mansfeld mehr über die Mutter, als den Vater vermochte, der trübselig blieb, zitternd und wie verlegen durch alle Zimmer ging, und hier und dort suchte und kramte, ohne etwas verloren zu haben. Er fühlte es seit diesem Unglück erst, wie fest sein Herz an diesem geliebten Kinde hing. Die muthwillige Henriette kam im leichten Morgenanzuge herübergelaufen und war außer sich, als sie das Abenteuer vernommen hatte. Da der Vater ihre Thränen sah, rief er: Ja, weinen Sie nur, diese Thränen und alle künftigen werden mir auf der Seele brennen; in welchem Lichte erscheint mir jetzt mein Eigensinn, daß ich sie mit Gewalt jenem unwürdigen Dobern anschmieden wollte, der weniger als der letzte Knecht meines Hauses dieses Unheil empfunden hat. Ja, einem solchen würde ich sie jetzt lieber überantworten, als diesem Gefühllosen.

Bei jedem Geräusch lief man ans Fenster, so oft die Thüre geöffnet wurde, waren Alle in banger Erwartung; als daher jetzt rasch und donnernd eine Equipage vorfuhr, sprangen Alle von ihren Sitzen auf. Der General trat dem unruhigen Freimund entgegen. – Wie, Excellenz, rief dieser, Sie erzeigen uns die Ehre?

Was bekommt der, sagte der General, der Dir und der Mutter Nachricht bringt, daß Deine Tochter gesund und wohlbehalten ist?

Was er verlangt! rief Freimund, mein Vermögen, Alles, was ich besitze.

Nun, alter, jetzt mein ältester Freund, sagte der General, so laß Deinen Eigensinn endlich fahren und gieb mir Deine Freundschaft wieder, die ich freilich verscherzte; aber vergieb mir, Bester, verzeih mir jenen Jugendstreich und begrüße mich wieder mit dem vertraulichen Du.

Und meine Tochter? rief Freimund.

Ist wohl, glücklich, heiter! rief der General und breitete die Arme aus, in die sich Freimund mit dem Ausruf der glückseligsten Freude stürzte. Nun wir ausgesöhnt sind, fuhr der alte Soldat fort, laß auch die Absicht, sie dem eigennützigen Landrath zu geben, fahren. – Gut, sagte Jener, aber wo ist sie? – Der General trat ans Fenster und winkte dem Jockey, der draußen zu Pferde hielt; der Knabe sprengte auf dieses Zeichen fort. Vorerst, sagte der General lächelnd, wirst Du meinen Sohn und dessen junge Frau sehn.

Wie? rief Freimund erstaunt, indem er zurücktrat; ich bildete mir ein, Alter, Du wolltest den Freiwerber für Deinen Sohn machen.

Das ist jetzt zu spät, antwortete der General. Indem fuhr schon ein zweiter Wagen vor und die beschämte, gerührte Tochter lag in den Armen der glücklichen Eltern.

Umständlich wurde jetzt das sonderbare Abenteuer erzählt, die glückliche Wendung des unglücklichen Zufalls. Alle wollten gerührt und erhoben eine wunderbare Lenkung des Schicksals erkennen, eine ausgesprochene Vorliebe einer unsichtbaren Macht für die Arme, der Gefahr Preisgegebene, so wie für ihre Liebe. Die Verzeihung der Eltern über die rasche Vermählung kam der erröthenden Bitte fast zuvor und Alle waren glücklich.

Um aber das verrufene Zauberschlößchen durch vernünftige Anordnung und Freude wieder zu Ehren zu bringen, wurde noch an diesem Tage, der nach dem Gewitter heiter und freundlich war, der Hochzeitschmaus draußen veranstaltet. Alle, die das Abenteuer mit bestanden hatten, außer dem Herrn von Dobern, waren zugegen;

der Prediger folgte mit der neu bekleideten Sappho ebenfalls nach. Die glücklichsten Menschen waren versammelt und durch die Verlobung des jungen Mansfeld mit der muthwilligen Henriette ward der Frohsinn noch gesteigert.

Wie das Schicksal oft die Pläne der Sterblichen besser ausführt oder anders lenkt, so wollte es nach ewiger Zeit verlauten, als wenn der General diesmal dem Zufall oder Schicksal ein wenig nachgeholfen hätte. Auf die Zerstreutheit seines alten Freundes rechnend, dem er die Pferde seines Sohnes hatte verhandeln lassen, soll der alte Militär jenen Jockey heimlich in die Gebüsche des Zauberschlosses gesendet haben, um den Zufall zu spielen. Der Knabe habe, so spricht die unverbürgte Sage, dem alten Bastian wirklich die Zügel geschickt entrissen und die trefflich eingefahrenen Rosse nach jener Stadt im schnellsten Jagen getrieben. Sei es, wie es sei, die Familien waren wieder versöhnt und Eltern und Kinder glücklich. Auch ist nachher nie wieder von jenem Zauberschlosse etwas erzählt worden, daß man noch an die Nähe spukender Geister glauben könnte; Alles trug sich, vorzüglich da Freimund der Gattin die Anordnungen überließ, so zu, wie in der übrigen Welt.

Über tredition

Eigenes Buch veröffentlichen

tredition wurde 2006 in Hamburg gegründet und hat seither mehrere tausend Buchtitel veröffentlicht. Autoren veröffentlichen in wenigen leichten Schritten gedruckte Bücher, e-Books und audio-Books. tredition hat das Ziel, die beste und fairste Veröffentlichungsmöglichkeit für Autoren zu bieten.

tredition wurde mit der Erkenntnis gegründet, dass nur etwa jedes 200. bei Verlagen eingereichte Manuskript veröffentlicht wird. Dabei hat jedes Buch seinen Markt, also seine Leser. tredition sorgt dafür, dass für jedes Buch die Leserschaft auch erreicht wird.

Im einzigartigen Literatur-Netzwerk von tredition bieten zahlreiche Literatur-Partner (das sind Lektoren, Übersetzer, Hörbuchsprecher und Illustratoren) ihre Dienstleistung an, um Manuskripte zu verbessern oder die Vielfalt zu erhöhen. Autoren vereinbaren direkt mit den Literatur-Partnern die Konditionen ihrer Zusammenarbeit und partizipieren gemeinsam am Erfolg des Buches.

Das gesamte Verlagsprogramm von tredition ist bei allen stationären Buchhandlungen und Online-Buchhändlern wie z. B. Amazon erhältlich. e-Books stehen bei den führenden Online-Portalen (z. B. iBookstore von Apple oder Kindle von Amazon) zum Verkauf.

Einfach leicht ein Buch veröffentlichen: **www.tredition.de**

Eigene Buchreihe oder eigenen Verlag gründen

Seit 2009 bietet tredition sein Verlagskonzept auch als sogenanntes "White-Label" an. Das bedeutet, dass andere Unternehmen, Institutionen und Personen risikofrei und unkompliziert selbst zum Herausgeber von Büchern und Buchreihen unter eigener Marke werden können. tredition übernimmt dabei das komplette Herstellungs- und Distributionsrisiko.

Zahlreiche Zeitschriften-, Zeitungs- und Buchverlage, Universitäten, Forschungseinrichtungen u.v.m. nutzen diese Dienstleistung von tredition, um unter eigener Marke ohne Risiko Bücher zu verlegen.

Alle Informationen im Internet: **www.tredition.de/fuer-verlage**

tredition wurde mit mehreren Innovationspreisen ausgezeichnet, u. a. mit dem Webfuture Award und dem Innovationspreis der Buch Digitale.

tredition ist Mitglied im Börsenverein des Deutschen Buchhandels.

Dieses Werk elektronisch lesen

Dieses Werk ist Teil der Gutenberg-DE Edition DVD. Diese enthält das komplette Archiv des Projekt Gutenberg-DE. Die DVD ist im Internet erhältlich auf **http://gutenbergshop.abc.de**

Zeitfracht Medien GmbH
Ferdinand-Jühlke-Straße 7
99095 Erfurt, Deutschland
produktsicherheit@kolibri360.de